COMO ESCREVER HUMOR

PARTE I

COMO ESCREVER HUMOR

PARTE I

Mel Helitzer
e Mark Shatz

Tradução de
Ricky Goodwin

GRYPHUS

Edição
Kelly Nickell

Ilustrações
Grace Ring

Revisão
Vera Villar

Editoração Eletrônica
Rejane Megale

Capa
Axel Sande (www.gabientedeartes.com.br)

Adequado ao novo acordo ortográfico da língua portuguesa

CIP-BRASIL. CATALOGAÇÃO-NA-FONTE
SINDICATO NACIONAL DOS EDITORES DE LIVROS, RJ

H417C

Helitzer, Mel
Como escrever humor / Mel Helitzer ; tradução Rick Goodwin. - 1. ed. - Rio de Janeiro : Gryphus, 2014.

220 p. ; 21 cm.
Tradução de: Comedy writing secrets
ISBN 978-85-8311-025-5

1. Humorismo americano. I. Goodwin, Rick. II. Título.

14-13972 CDD: 817
CDU: 821.111(73)-7

A MAGNUS HOPUS

Para Linea Warmke
e para Ethan, o cômico
preferido de seus pais.

SUMÁRIO

APÊNDICE

PREFÁCIO

Desde sempre ouço de grandes atores e atrizes que a comédia é mais difícil que o drama. Eu concordo. Sempre achei que fazer um grupo de pessoas prestar atenção a qualquer história é uma arte extremamente difícil; não fosse assim não gastaríamos em cenários, luz, figurinos e grandes produções. Poderíamos reduzir à essência: alguém para contar a história e outros para ouvir, um fala outros ouvem, simples assim. É assim desde que nos reuníamos nas cavernas e narrávamos as caçadas e aventuras do dia para nossos pares.

A verdadeira dificuldade com a comédia, com o humor, é o enorme grau de exposição em que o comediante se coloca. Se num drama ou tragédia o ator espera o silêncio atencioso da plateia, que pode significar o que a vaidade de cada um quiser, "a plateia ficou em silêncio completo, totalmente envolvida", ou "o espetáculo calou a boca do público, mas no final aplaudiram com vontade". Tudo isso pode ser verdade... mas também pode ser apenas nosso ego artístico justificando uma falta de comunicação ou um desinteresse da plateia.

Na comédia isso não é possível, a cada fala, a cada olhar, aguarda-se uma reação ativa da plateia. É duro ser comediante; você prepara o seu espetáculo prevendo as reações, de preferência gargalhadas, do público... Se isso não acontece como previsto, o público não reagiu conforme o esperado, surge imediatamente uma voz que diz berrando na sua cabeça: "ERROU, PERDEU PLAYBOY"! E a cada fala a espada do ridículo estará sempre sobre sua cabeça, ameaçando!

Espero que este livro sirva como uma espécie de "manual de sobrevivência na selva do humor", ajudando a nos prepararmos e nos municiarmos de forma a ficarmos mais fortes no momento em que estamos expostos, tentando entreter visceralmente a plateia. Meu conselho: leiam com atenção e usem o que quiserem, mas, lembrem-se, o comediante está sempre em guerra contra a chatice da vida cotidiana, então quanto mais munição melhor!

José Lavigne
Diretor de teatro, TV e cinema

INTRODUÇÃO
Você consegue

EI! ISSO TÁ LIGADO?

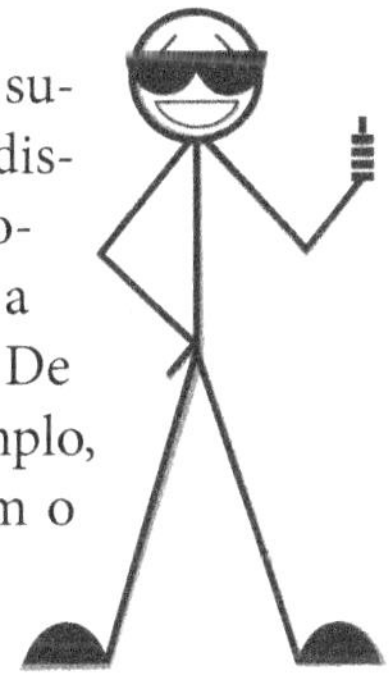

Com medo de que a descoberta de seus truques superficiais fizesse com que suas piadas provocassem discussões ao invés de risos, muitos humoristas famosos endossaram uma teoria insustentável, segundo a qual os comediantes precisam nascer engraçados. De acordo com Mel Brooks e Woody Allen, por exemplo, não se ensina ninguém a ser engraçado. Ou se tem o dom ou não se tem. Besteira!

Pode-se ensinar qualquer coisa a pessoas alfabetizadas, desde a teoria da relatividade de Einstein a como ser zagueiro. E, comparadas com os segredos de escrever humor, dedilhar as oitenta e oito teclas de um piano ou falar grego são coisas bem mais difíceis de aprender e bem menos divertidas. (Qual que seria mais benéfica para a humanidade é questão a ser debatida.) Entretanto, o que se estabeleceu universalmente é que a comédia, um raio de intuição, é mais arte que ciência.

Desde que Eva andava pelo paraíso sacaneando seu parceiro, repetindo "Eu vi Adão", o entretenimento tem sido o folguedo social de nosso reino e a comédia sua moeda corrente. Os tradicionalistas do teatro gostam de enfatizar que um lado de sua moeda tem em relevo a máscara do humor e o outro a máscara da tragédia. Também estão errados. Humor é tragédia e tragédia é humor. Como Mel Brooks disse: "Tragédia é se eu cortar o meu dedo. Comédia é se alguém cair num bueiro aberto e morrer". Como este livro irá provar, se você não consegue aprender a escrever humor, cara, isso é uma tragédia!

COMO ESTE LIVRO IRÁ TE AJUDAR?

O estilo do humor muda dramaticamente a cada vinte anos. Esta edição de *Como escrever humor* foi atualizada com fórmulas e métodos contemporâneos. Eis alguns dos pontos chaves que o livro aborda:

- Os três R do humor
- O segredo da teoria MAP
- A beleza do ***E se?***
- A teoria dos TRÊS na estrutura humorística
- Por que rimos de algumas formas de humor e vaiamos outras
- A hostilidade natural do humor
- Por que o humor precisa ridicularizar o seu alvo
- Por que o humor obsceno é mais chocante do que engraçado

Esta obra compõe-se de dois volumes. No primeiro livro há uma parte que contempla os fundamentos da redação de humor, incluindo os princípios e teorias do humor e os motivos de rirmos. A outra parte descreve diversas técnicas de escrever humor, tais como jogos de palavras, reversões, emparelhamentos, triplos e exageros.

O segundo volume explica como escrever humor para mercados populares, como cartões, discursos, artigos, *newsletters*, e o *stand-up*. Essa edição inclui também capítulos sobre escrever humor para publicidade e o uso do humor na educação.

Integradas no decorrer do livro temos seções intituladas ***É hora do espetáculo,*** que trazem exercícios rápidos que podem aprimorar suas habilidades de redação. Escrever humor é algo que exige prática, sendo essencial entender o *timing* para completar essas tarefas de redação. Se, ao terminá-los, você não for engraçado, exija seu dinheiro de volta e nunca se case.

Mesmo este livro sendo uma introdução à redação de humor, não prometemos que irá transformá-lo instantaneamente num profissional. Aprender os fundamentos do humor é fácil comparado com a dedicação necessária para se tornar um redator bem sucedido. Uma mulher certa vez correu para cima do famoso violinista Fritz Kreisler e gritou: – Eu daria a minha vida para tocar tão lindamente quanto você.

Kreisler respondeu: – Bem, eu dei a minha.

NÃO SE EXIGE DIPLOMA

Já que não há nenhuma organização que forneça diplomas de humorista, não existe nenhum redator de humor com certificado. Se você consegue vender o seu material ou receber algum dinheiro por interpretá-lo, é um profissional. Mas a redação do humor está demandando mais e mais atenção das altas esferas do sistema educativo.

Nos EUA, aproximadamente sessenta universidades, incluindo a Universidade da Califórnia, em Los Angeles, e *The New School* de Nova Iorque oferecem cursos de humor e mantêm programas com diplomação em estudos humorísticos, e mais cursos assim surgem no horizonte. Muitas faculdades americanas usam este livro como seu texto base.

O primeiro curso de redação de humor em nível universitário foi ministrado por Mark Helitzer na Escola Scripps de Jornalismo da Universidade de Ohio, em 1980. Em três anos tornou-se um sucesso tão grande que as vinte vagas passaram a ser distribuídas com um ano de antecedência. Os alunos dessa classe são tão variados, hoje, quanto há vinte anos e abrangem desde colegas do corpo docente a adultos da comunidade local - incluindo advogados, médicos, contadores, donas de casa e até mesmo um agente funerário. (Perguntamos a ele se o seu humor era de matar e ele disse: - Não, minha plateia já está morta quando entro em cena.)

Vem de Harvard, atualmente, o maior grupo de redatores de humor, que escrevem para filmes e programas de TV. Mas Havard, ironicamente, não tem um curso de redação de humor. Por algum motivo, nunca houve um comediante famoso que tivesse se formado em Yale ou em Princeton, a não ser que se contem dois recentes presidentes americanos.

Em Chicago, Second City é a principal escola americana para o treinamento do improviso. Numerosos clubes de comédia e redatores profissionais independentes, particularmente em Nova Iorque, Los Angeles e São Francisco, ministram oficinas.

OS BENEFÍCIOS DO HUMOR EM LARGA ESCALA

O impacto do humor vai longe. Por exemplo, quando os editores da revista *Fortune* pesquisaram diretores de recursos humanos das

500 maiores empresas, quanto às qualificações que buscavam entre os executivos de médio escalão, as três respostas mais frequentes, segundo a revista, foram: 1) conhecimento do produto; 2) respeito pelas normas da empresa; 3) bom senso de humor.

Já que todo mundo alega ter senso de humor, a não ser uma mãe prestes a dar a luz na fila de um hospital público, os editores indagaram: "por que senso de humor?". E as respostas foram consistentes.

> Senso de humor indica liderança. Quando sorrimos, é um sinal de confiança, pois o medo e a paranoia são assinalados por caras fechadas, não sorrisos. Os subordinados, os associados, os fregueses e os clientes gostam de trabalhar com alguém que tenha senso de humor.

GÊMEOS SIAMESES: HUMOR E COMÉDIA

Os acadêmicos, especialmente professores ingleses, tentam elaborar distinções entre o humor e a comédia. Humor é considerado o termo mais amplo, que abrange todos os tipos de material humorístico, como a sátira, o sarcasmo, a ironia e a paródia. A comédia seria o humor sendo interpretado. A percepção é a de que redatores engenhosos escrevem humor enquanto comediantes falastrões contam piadas.

> Os homens dizem que a coisa mais importante na outra pessoa é ter senso de humor. Isto significa que estão procurando alguém para rir de suas piadas.
>
> **– Sheila Wenz**

É verdade que piadas isoladamente são apenas piadas. Contudo, qualquer forma de redação humorística utiliza piadas para produzir humor. Nós assumimos uma posição menos elitista e não fazemos distinções arbitrárias entre humor e comédia. Se o resultado for o riso, então o rótulo é insignificante. Nossa meta é ajudá-lo a escrever de maneira engraçada.

DE QUEM É A PIADA, AFINAL?

Os métodos de redação humorística contemporâneos são uma extensão de técnicas passadas. Nosso foco é sobre humoristas atuais, mas, já que os comediantes de hoje copiam os grandes mestres, um conhecimento da história do humor não é coisa para deixar de lado. Este livro, portanto, inclui exemplos e conselhos de uma legião de comediantes contemporâneos – como Jon Stewart, Tina Fey, Billy Crystal, Jay Leno, Chris Rock, David Letterman, Robin Williams, Rita Rudner –, e também do *hall* da fama do humor – como Erma Bombeck, Milton Berle e George Burns –, e até mesmo humoristas americanos antigos como Mark Twain, Elbert Hubbard, e John Morley.

Infelizmente, atribuir o devido crédito a citações de humor é o pesadelo de um pesquisador, como demonstrado no par de frases abaixo.

> Se não consegue juntar-se a eles, ganhe deles.
>
> **– Mort Sahl**

> Se não consegue batê-los, arranje alguém que bata neles.
>
> **– George Carlin**

Existem muitas piadas-padrão e elas têm milhares de variações. Ninguém pode jurar que tenha criado qualquer uma delas. Em *Oh, The Things I Know*, Al Franken declarou: "Não sou membro de uma religião constituída. Eu sou judeu". Franken comentou depois: "ouvi primeiro essa piada de um católico e substituí a palavra 'católico'". Will Rogers usara essa mesma ideia – com as palavras-chave sendo "partido político" e "democrata" – há quase cem anos.

Já foi também provado que frases famosas como "Que comam brioches", de Maria Antonieta, "Aquele que hesitar está perdido", de Joseph Addison, "Qualquer homem que detesta bebês e cachorros não pode ser de todo ruim" de W. C. Fields, além da sempre citada inscrição em sua lápide "Prefiro estar aqui do que na Filadélfia", "Todos falam do mau tempo mas ninguém faz nada a respeito", de Mark Twain, "Nunca encontrei um homem de quem não gostasse", de Will Rogers, e "Não temos nada a temer a não ser o próprio temor", de Franklin Roosevelt, todas haviam sido escritas antes por outras pessoas.

Se os estudiosos têm esse problema com citações históricas, atribuir então o crédito adequado a piadas, anedotas e chistes semelhantes pode ser um dilema infindável. De modo que o melhor que podemos oferecer aqui em termos de identificação é listar o nome que foi publicado em alguma antologia de piadas, mas não aposte na sua acuidade. É claro que algumas piadas chegam até nós desprovidas de crédito, e algumas nós mesmos criamos. O fantasma de Marlowe sempre assombrará a biblioteca de Shakespeare – e esta também não é uma frase original.

Agora, vamos começar.

PARTE UM

O básico da redação de humor

CAPÍTULO 1
A importância de se escrever humor

> O que é comédia? Comédia é a arte de fazer as pessoas rirem sem fazê-las vomitar.
>
> **– Steve Martin**

O humor possui um valor imenso. É uma forma de arte, mas não é um mistério: tem fórmulas e estruturas. Você pode aprender essa arte criativa para proveito pessoal ou com propósito financeiro.

Alguns escritores conhecidos acreditam que a habilidade para escrever humor (não estamos falando de senso de humor) é herdada, ao invés de ser adquirida, e provavelmente moldada por fatores como características étnicas, influência da mãe na primeira fase da infância e insegurança.

> O humor é uma das coisas da vida que desafiam a análise: ou você tem ou não tem, ou gosta ou não gosta.
>
> **– Ross Mackenzie**

> Ninguém pode te ensinar a escrever humor. O segredo é passado de geração em geração e não contarei o meu, a não ser para o meu filho.
>
> **– Art Buchwald**

A verdade é que qualquer um pode aprender a escrever humor. Embora alguns indivíduos sejam naturalmente mais engraçados do que outros (assim como alguns indivíduos são mais atléticos ou musicalmente mais talentosos), a redação pode ser ensinada e a habilidade para escrever pode ser adquirida. O humor não é um mistério, pois (assim como a mágica nos palcos) é possível desmistificá-lo.

MAS EU NÃO SOU ENGRAÇADO

Vamos usar um simples exercício humorístico para ilustrar como a redação de humor pode ser algo acessível a todos. Considere outros possíveis usos para dois assentos de espuma, desses que foram banquinhos de balcão de bar. Além de simples almofadas, o que mais poderiam ser? Durante cinco minutos, use sua imaginação e exagere bastante. Sem se limitar a questões práticas, rabisque num papel todas as possibilidades em que conseguir pensar.

Sua lista de usos possíveis para duas almofadas de banquinho talvez inclua o seguinte:

- rolhas para furos em represas
- toucas gigantescas
- tapa-olhos para gigantes
- assentos terapêuticos para gordões com hemorroidas
- *frisbees* para quem não tem o mínimo jeito para esportes

Este teste de Rorschach humorístico ilustra o primeiro passo na concepção de uma ideia engraçada: a imaginação. A criatividade é a chave do motor da comédia, que não funciona sem imaginação fértil. Olhe para qualquer outro objeto: um cinzeiro, uma garrafa de cerveja, os móveis do seu quarto ou até mesmo para partes do seu corpo. Treine a sua mente para perguntar constantemente: ***E se?*** Quebre a cabeça, pensando em todas as possibilidades que esses objetos podem lhe proporcionar. Não se preocupe se suas ideias parecerem absurdas, o exercício é para que a sua imaginação engrene. Para escrever engraçado, primeiro você precisa *pensar* engraçado.

> A imaginação é a inteligência se divertindo.
>
> **– George Scialabba**

A imaginação quando se reflete em termos de ***E se?*** permite que você realinhe diversos elementos com novas e inesperadas relações que surpreenderão a plateia – e surpreendentemente farão as pessoas rirem.

> E se decretassem que o leite materno faz mal à saúde? Onde colocariam a etiqueta de aviso?

E se você realmente visse os McNuggets no frango?

E se as sopas de letrinhas cismassem em formar palavras obscenas?

E se a torre inclinada de Pisa tivesse um relógio? Se a torre é torta, como daria a hora certa?

Os humoristas têm uma regra sagrada: não se iniba. É melhor assumir uma atitude niilista em relação a temas delicados do que ficar pisando em ovos diante dos tabus. Ao escrever, faça-o livremente. Elabore suposições desinibidas. A edição e a autocrítica são o segundo e terceiro passos... nunca o primeiro!

Descreveremos mais tarde como encaixar suas ideias nas fórmulas básicas da redação de humor. Se sua crítica interna limitar sua imaginação, dizendo *Isso não presta!*, você não conseguirá ir em frente. Seu objetivo é explorar todo o potencial de sua imaginação humorística, repetindo como um mantra: *Tudo presta! Tudo acaba prestando!*

Todo o propósito da comédia é ser você mesmo, e quanto mais perto chegar disso, mais engraçado você será.

– Jerry Seinfeld

A imaginação é a força motriz da comédia e quase todos possuem alguma imaginação... Se não fosse assim, ninguém se casaria. Então, praticamente todo mundo pode aprender os fundamentos do humor. O quanto você vai assimilar disso tudo vai depender do esforço que estiver disposto a investir.

OS BENEFÍCIOS DA REDAÇÃO DE HUMOR

Os benefícios da redação de humor são os três Rs: *respeito, recordação* e *recompensa*. O uso habilidoso do humor pode

- angariar-lhe *respeito*
- fazer com que suas palavras sejam *recordadas*
- obter grandes *recompensas* pessoais e financeiras

Respeito: a sua hora de brilhar

Usamos o humor principalmente para chamar atenção sobre nós mesmos. Repare na sua reação quando você está contando uma piada a um grupo de amigos e, no final da história, alguém o atropela, entregando o final. Você se sente vítima, porque as gargalhadas irão para aquela pessoa e não para você. No início, o limite físico de sua ira pode ser um olhar fulminante. Mas, na segunda vez que isto acontece, você tenta matar o sujeito, crime pelo qual nenhum júri o condenaria.

O riso está para a psiquê assim como a malhação está para o corpo: preserva-a saudável, forte e brilhante. Mas, ao contrário do exercício físico, o humor (ao menos quando interpretado ao vivo) oferece reconhecimento imediato, mais do que qualquer outra arte. Você sabe, numa fração de segundos, quando a sua plateia é receptiva, pois a decisão desses jurados é impulsiva e instantânea.

> A comédia é muito controladora: você está fazendo as pessoas rirem. Está lá na frase "fazendo as pessoas rirem". Você se sente totalmente no controle quando ouve uma onda de risos provocada por você, retornando para você.
>
> **– Gilda Radner**

Existem outras maneiras de atrair a atenção: você pode realizar algo notável, criticar alguém, ou ser inconveniente, por exemplo. Mas só se aumenta o impacto dessas coisas com o humor. Ele é mais do que um entretenimento ou um contar de piadas: é um poderoso lubrificante social, que facilita e enriquece a comunicação, a educação e as relações entre pessoas. O humor é uma maneira universal de iniciar discursos, pois o orador recebe imediatamente uma atenção respeitosa de seus ouvintes. É psicologicamente impossível odiar alguém com quem repartimos uma gargalhada.

Quando gargalhamos, somos reféns temporariamente da pessoa que nos fez rir.

–Robert Orben

O humor também pode ajudá-lo a alcançar o sucesso e o respeito em quase todas as profissões (a não ser que você seja um agente funerário). Por exemplo, os professores facilitam o aprendizado de seus alunos usando o humor, os publicitários utilizam-se dele para vender seus produtos e os políticos acabam lançando mão de textos irreverentes para promover suas candidaturas. O humor não lhe traz apenas a atenção, mas também a *atenção comprometida* e o respeito.

Recordação: memórias eternas

Quando somos bem sucedidos humoristicamente – ao vivo ou por escrito – as pessoas acabam sempre se lembrando. Nossas melhores tiradas são conservadas e respeitadas. Um número impressionante de aforismos no compêndio de citações *Bartlett´s* são frases espirituosas:

Há uma linha tênue que separa o riso e o choro, a comédia e a tragédia, o humor e a dor.

– Emma Bombeck

Ao menos numa questão homens e mulheres concordam. Ambos não confiam nas mulheres.

– H. L. Mencken

O humor favorece o aprendizado, tornando-o inesquecível. Pesquisas concluíram que os alunos que frequentam palestras que incluem anedotas e tiradas engraçadas obtêm notas melhores do que os que comparecem às mesmas palestras sem a parte humorística. Quando o aprender se torna divertido, todos se beneficiam.

Quando a boca se abre para rir, pode-se enfiar um pouco de alimento para os pensamentos.

– Virginia Tooper

Dentro e fora das salas de aula, a piada provavelmente é a melhor oportunidade para nos tornarmos imortais.

Não quero alcançar a imortalidade através de meu humor. Quero alcançar a imortalidade não morrendo.

– Woody Allen

Recompensa: a cor do dinheiro

O humor é importante em todas as facetas da vida comercial. Cada vez mais os grandes executivos contratam redatores capazes de arrancar risos a cada frase (mesmo que a intenção não seja esta). Muitos políticos - na verdade, todos os presidentes americanos desde Franklin Roosevelt - mantiveram humoristas fixos em suas equipes de campanha.

Realmente fico irritado quando os críticos dizem que não fiz o bastante pela economia. Quer dizer, olhem o que já fiz pela indústria das editoras de livros. Vocês já devem ter ouvido falar de alguns destes títulos: *Mentiras das grossas, As mentiras de George W. Bush, Mentiras e os mentirosos que mentem ao contá-las.* Eu gostaria de dizer para vocês que li cada um desses livros, mas eu estaria mentindo.

– George W. Bush

A comédia pode ser um trampolim para papéis lucrativos no cinema e na televisão. Robin Williams, Alan King, Chevy Chase, Chris Rock, Billy Crystal, Ellen DeGeneres, Steve Martin, Eddie Murphy, Bill Murray, Mike Myers, Rosie O´Donnell, Jerry Seinfeld, Adam Sandler e Roseanne Barr são apenas alguns dos grandes astros do cinema e da TV que iniciaram a carreira como comediantes. Woody Allen, Mel Brooks e Carl Reiner começaram escrevendo piadas para os programas de TV de Sid Caesar, e David Letterman, Conan O´Brien e Garry Shandling, antes de conseguirem seus próprios *shows*, foram redatores de outros programas de TV.

Uma ex-namorada lembra-se que Bill Gates tinha mau hálito. Ele lembra que ela não tinha 100 bilhões de dólares.

– Conan O´Brien.

A demanda por redatores de humor excede em muito a oferta. Uma razão disto é que o número de pessoas que querem contar piadas é maior do que as que querem escrevê-las. As oportunidades abundam para os redatores de humor, que podem seguir carreira como colunistas de jornal, redatores de discursos, autores de cartões de mensagens comemorativas, comediantes *stand-up*, redatores de publicidade, autores de textos para a internet e roteiristas para filmes e séries de TV.

Outra razão para a alta demanda por redatores de humor é o fato de a televisão ser um tubarão que se alimenta de piadas: devora mais material de humor em um mês que todos os outros mercados em um ano. Certa vez, Johnny Carson comentou que a televisão é o único meio que come seus filhotes, porque jovens redatores são os que normalmente são contratados para alimentar o tubarão dia após dia. Muitos roteiristas iniciantes são atraídos por belos salários de quem escreve humor para TV, porém os redatores valem apenas por sua última piada e muitos deles desgastam-se depois de um ano. Em qualquer empreendimento humorístico você poderá obter sucesso pessoal e financeiro, caso desenvolva boa habilidade... e tenha persistência.

> A estrada para o sucesso está sempre em obras.
>
> **– Lily Tomlin.**

O MAPA DA MINA PARA SE TORNAR UM HUMORISTA DE SUCESSO

As duas qualidades compartilhadas por todos os humoristas de sucesso são: (a) consistência e (b) material focado. Se você for consistente, poderá fazer as pessoas rirem diversas vezes. A habilidade de escrever de forma engraçada não é um samba de uma nota só.

Quando conseguir fazer as pessoas rirem, é essencial manter o foco, não perdendo tempo ao preparar um material para o apresentador errado ou para um público errado. Isto vale tanto para o humor impresso e televisivo quanto para o *stand-up*.

> E se você contar uma piada na floresta e ninguém rir? Foi uma piada?
>
> **– Steven Wright**

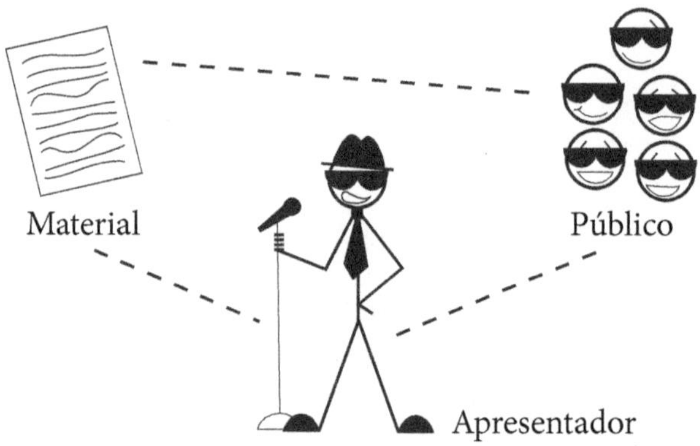

A sigla MAP* resume bem este segundo ponto. MAP representa *material, apresentador* e *público.* MAP é uma constelação humorística triangular. Cada estrela dessa constelação deve ter uma relação com as outras duas.

O humor bem-sucedido requer todos os três elementos do MAP:

1. **Material:** Deve ser adequado aos interesses do público e relacionar-se bem com a *persona* do apresentador.
2. **Apresentador:** Deve utilizar o material certo, para o público certo e da maneira certa.
3. **Público.** Deve complementar tanto o material quanto o estilo da apresentação.

Público: uma questão privada

O motivo de a teoria do MAP ser representada pela forma de um triângulo é o fato de que – das três pontas – o *público* é a mais importante. Sempre que os redatores se esquecem desse simples conselho, estão pondo tudo em cheque... inclusive seus empregos.

Você e o público possuem o mesmo objetivo. Só fazem o gol quando desenvolvem a jogada juntos. Você pode acertar todos os cruzamentos, mas dez gargalhadas por minuto não contam pontos, se o público não estiver participando. A responsabilidade número um de todo humorista é a avaliação da plateia, quer seja de uma ou mil pessoas. No próximo capítulo, discutiremos por que as pessoas riem.

* N.T.: A sigla MAP, em inglês, equivale à palavra 'mapa'.

Se você não estiver preparado com um material adequado para o seu público, dificilmente alcançará o resultado esperado. Cada grupo é classificado por interesses distintos: raça, religião, educação, situação financeira e social, perspicácia, localização geográfica, política, fama e gênero. O mesmo material que funciona para uma plateia de estudantes não dará certo com um grupo de advogados, médicos ou banqueiros. Piadas de loura-burra podem funcionar com uma plateia de operários, mas um repertório que ridicularize os homens agradaria em cheio às mulheres. Plateias jovens anseiam por um vocabulário mais desenvolto, que seria exorcizado com água e sabão pela terceira idade, por exemplo.

A maior parte dos espectadores está mais interessada em assuntos que envolvam suas atividades do que em um humor que só fale de você, seus amigos, seus bichos de estimação e seus colegas de bar. Desde o primeiro dia, os redatores de humor são orientados a jogar fora as teclas "**E**" e "**U**" do computador (no sentido figurado, é claro). É verdade que grandes nomes como Ray Romano, Rita Rudner e Woody Allen falam deles mesmos, mas até você chegar lá é melhor pegar leve. Humoristas como Jerry Seinfeld, Jay Leno, Chris Rock e Billy Crystal são mais astutos, disparando rajadas de observações ligadas aos interesses da plateia. O melhor exemplo de todos é a tirada do humorista Jeff Foxworthy – "*Você sabe que é um capiau quando...*" –, que, mesmo sacaneando a plateia composta de capiaus, faz com que ela vibre a noite inteira.

O corpo como instrumento de trabalho

Uma vez entendido o perfil da plateia, o próximo ponto importante do triângulo é o *apresentador*. Nos trinta segundos iniciais, o público já tem que entender quem você é, seja você o apresentador ou não. É nesta curta janela de tempo que decidirão quão confortáveis irão sentir-se com a sua *persona* cômica.

Certas características são prerrogativas de sua aparência física: tamanho, cor, sotaque, gênero e beleza. Os apresentadores podem incrementar sua *persona* com figurinos, adereços e jogos de luz, mas é sempre melhor tirar vantagem de seus atributos físicos do que combatê-los. Por exemplo, Michael Richards, o vizinho estranho do *Seinfeld*, parece ser apatetado e cada vez que tenta mudar seu personagem fracassa; o comediante Yakov Smirnoff mantém um sotaque russo, embora tenha vivido todos os seus anos de formação em Cleveland, Ohio. Comediantes rurais usam calça *jeans*, humoristas de Las Vegas usam ternos e mulheres gostosas só têm um figurino: calça de couro arrochada.

Vivendo num mundo material

Você só estará pronto para começar a escrever o seu próprio material depois de definir seu público, as características da *persona* do apresentador, e de tornar tudo isso consistente.

E isto é o cerne deste livro. Mas aprender os fundamentos do humor é fácil comparado à dedicação que será necessária, e o que você mais precisará será de dedicação.

Através deste livro vamos mostrar-lhe, à exaustão, o MAP do sucesso na redação de humor.

ESCREVER HUMOR É UM TRABALHO EM TEMPO INTEGRAL

Escrever humor é uma tarefa diária – e isto inclui as noites também. Novas ideias podem (e devem) pintar na sua cabeça a qualquer hora, em qualquer lugar. Numa edição da revista *Advertising Age* o jornalista Bob Garfield descreveu as práticas que Marty Rackham, na época um comediante iniciante, usava para registrar suas ideias.

> [A carteira de Marty Rackham] está recheada de cartões variados, nos versos dos quais anota ideias aleatórias. Um diz: "Puxando palavras de um gago". Outro: "Cabos auxiliares de bateria (chupeta)". Agora mesmo, ele está trabalhando sobre uma questão de higiene: "Já sentiu o cheiro de um europeu"? As ideias materializam-se constantemente, em graus variados de hilariedade e sofisticação.

A mente de um humorista é algo maravilhoso de se acompanhar. Às vezes é possível ver até os lábios deles se mexerem, enquanto testam, em silêncio, suas novas ideias. Encontre-os numa hora de folga ou em uma reunião social e cada fato relatado, cada nome mencionado, cada previsão feita é combustível para associações humorísticas. Ao fim de uma festa, um humorista só se terá divertido se tiver conseguido coletar algum material novo, que ele irá escrever e reescrever durante todo o caminho para casa.

> Toda manhã um humorista diz para si mesmo: "Espero que hoje seja um dia ruim". Quando as coisas estão indo bem, é muito mais difícil fazer piada.
>
> **– Alan Coren**

Para dar conta de ideias e materiais em potencial, suas ferramentas são: bloco de anotações, fichários, gravador e computador com acesso à internet.

Independente das ferramentas que utilize, precisará bolar um sistema para organizar as coisas que escreve. O método tradicional é classificá-las por assuntos, usando algum tipo de sistema de arquivamento. Milton Berle e Bob Hope tinham, cada um, um cofre contendo mais de seis milhões de piadas em fichas organizadas por assunto. Atualmente, as alternativas digitais às fichas são programas de planilhas ou banco de dados.

Se você planeja escrever um humor mais elaborado (como artigos, roteiros ou colunas de jornal) há programas de computador que podem ajudar na sua redação. Um dos mais úteis é o *Inspiration*, que permite uma fácil visualização e manipulação do material; seus ambientes integrados entre diagramação e esquematização facilitam o *brainstorming*, a organização das ideias, a sinopse do texto e o mapeamento dos seus conceitos.

É HORA DO ESPETÁCULO

As atividades a seguir ajudarão você a desenvolver os fundamentos de sua redação para a comédia através da audição, da observação, da leitura e da exploração. É essencial que você faça estes exercícios agora, pois serão utilizados no decorrer dos próximos capítulos.

- Faça uma lista com seus dez comediantes e humoristas preferidos, e use a internet para procurar por piadas ou citações de cada uma dessas pessoas.

- Quando contabilizar vinte piadas, escreva cada uma delas em uma ficha. No verso, identifique o assunto ou o alvo da piada, e explique porque você a acha engraçada. Este exercício ajudará a perceber os estilos de piadas que funcionam e fornecerá uma visão de suas próprias preferências humorísticas.

- Junte de dez a quinze cartuns ou tiras de quadrinhos e cole cada um em uma folha de papel. Como fez com as piadas, identifique o alvo do humor e descreva porque a piada é engraçada para você. Poderá assim ir montando um arquivo de piadas que poderão ser úteis mais à frente.

- Além de criar esse arquivo, precisará encontrar novo material para usar como alicerce em sua redação humorística. A maioria dos redatores de humor profissionais começa o dia lendo jornal, assistindo a telejornais, e/ou surfando na internet, buscando incidentes e situações que possam fornecer material para suas piadas. Ao ler este livro e completar os exercícios no final de cada capítulo, crie o hábito diário de registrar os eventos jornalísticos que sejam de seu agrado.

- A vida cotidiana sempre foi a fonte principal do humor, de modo que você precisará manter algum tipo de diário humorístico particular. Para facilitar a psicanálise, Sigmund Freud fazia com que seus pacientes escrevessem um diário com seus sonhos fazendo livres associações durante a terapia. Para ser um escritor bem sucedido e atingir o pleno potencial de sua *persona* cômica, você precisa fazer algo semelhante. Registre os eventos, as ideias e observações sobre o cotidiano que achar engraçados, e faça o seu diário sem qualquer tipo de censura. Os itens listados não têm a intenção de serem engraçados e sim de servirem como pontos de partida.

CAPÍTULO 2
Por que rimos

> A primeira coisa que faço de manhã é escovar os dentes e afiar a língua.
>
> **– Dorothy Parker**

Aristóteles estudou e Sócrates debateu este assunto. Figuras históricas tão famosas quanto Charles Darwin, Thomas Hobbes e Henri Bergson escreveram tratados com suas teorias humorísticas. No século XX, Sigmund Freud, Max Eastman e mesmo Woody Allen tentaram formular explanações claras sobre o propósito do humor. Na verdade, pesquisou-se mais sobre este assunto na última década do que em todos os séculos anteriores juntos. O humor tem desempenhado papel importante em nossas vidas por milhares de anos, mas cientistas e filósofos ainda lutam para compreender o significado do riso, por que contamos certas piadas e o motivo de apreciarmos, ou não, o humor de outras pessoas.

Apesar da mestria das mentes que consideraram este assunto, as respostas estão longe de serem definitivas. Como rabinos no debate eterno sobre o significado do Talmud, cada estudioso da comédia interpreta seu fenômeno subjetivo nos termos de sua própria disciplina. Hoje há mais diversidade de opiniões do que nunca.

> Resta tanto a ser feito que o estudioso do humor tem uma verdadeira oportunidade de dar uma contribuição significativa a essa especialidade.
>
> **– Jeffrey Goldstein e Paul McGhee**

O denominador comum entre as teorias é que o humor é tão subjetivo que nenhuma teoria única poderia abranger todas as suas instâncias. Para os interessados em criar humor, isto é uma boa e uma má notícia. Boa, por ter uma variedade ilimitada de benefícios e má, porque aqueles que criam comédia não sabem exatamente o que estão fazendo. – Trabalho estritamente por instinto – admitiu Woody Allen. Pensando dessa maneira, os redatores humorísticos têm que conviver com o medo de não serem engraçados a vida toda.

> Mesmo depois de já ser um redator conhecido, com 15 anos de experiência, lembro-me de ficar olhando longamente para a máquina de escrever em uma busca aleatória e desesperada por algo engraçado. Sempre com aquele medo de não conseguir, de estar enganando a todos o tempo todo e de que eu finalmente seria desmascarado. Um patinhar doloroso pelo qual a maior parte de nós passamos.
>
> **– Sol Saks**

Poucos artistas são tão inseguros quanto os humoristas. Por desenvolverem suas fórmulas através de tentativas e erros, sempre desconfiam de qualquer tipo de análise de suas técnicas criativas. Vão descobrindo, assim, (como chutar a gol), como certos recursos funcionam melhor do que outros.

> Acho que me saí muito bem, considerando que comecei com nada, a não ser uma folha de papel em branco.
>
> **– Steve Martin.**

É HORA DO ESPETÁCULO

Antes de discutirmos como funciona a comédia, vamos examinar a sua teoria sobre o humor. Pegue a sua coleção de piadas e cartuns e faça um *ranking* com as mais engraçadas.

Em seguida, releia as anotações no verso de cada uma das melhores do seu *ranking*, a fim de determinar padrões e temas em comum.

Finalmente, com esses padrões e temas em mente, escreva pelo menos cinco respostas para a pergunta *Por que as pessoas riem?*.

RAZÕES PARA O RISO

Poucos artistas contemporâneos do humor concordam a respeito de qualquer filosofia cômica a não ser no seguinte: se provoca risos é engraçado. Se quiser escrever engraçado, primeiro você precisa entender como as plateias reagem ao humor. Em suma, precisa entender o porquê do riso.

A célebre psicóloga Patricia Keith-Spiegel identificou dois motivos primários para rirmos:

- Rimos quando somos pegos de surpresa
- Rimos quando nos sentimos superiores

Keith-Spiegel identificou seis motivos adicionais para o riso – cada um reforça os dois motivos principais: a surpresa e a superioridade.

- Rimos por instinto
- Rimos de incongruências
- Rimos diante da ambivalência
- Rimos por alívio
- Rimos quando solucionamos um quebra-cabeça
- Rimos para regredir

As teorias discutidas neste capítulo irão fornecer um ponto de partida para você entender como algumas piadas podem funcionar e outras não. Com o tempo, sua teoria pessoal sobre o humor irá evoluir e influenciar em seus textos.

> Analisar humor é como dissecar um sapo. Ambos morrem no processo.
>
> **– E. B. White**

Damos um aviso prévio: a aplicação das teorias sobre o humor tem uma desvantagem. Quando começar a fazer toda essa análise, perceberá que normalmente passará mais tempo pensando no motivo de algo ser engraçado e menos tempo rindo. Ao desmontarmos piadas, teremos que ficar tão desprovidos de emoções quanto um legista durante uma autópsia.

Surpresa

Na maioria das vezes rimos para disfarçar a vergonha, por termos falado alguma besteira ou por termos sido enganados. Mas, se fomos enganados, fomos pegos de surpresa.

A surpresa é universalmente uma das fórmulas mais aceitas para o humor: a piada é uma história, cujo final geralmente é surpreendente.

> Os caras que frequentam boates de *strippers* pensam que, só por que têm uma carteira forrada de grana, são poderosos. Mas são as gostosas que têm o poder: giram em torno do poste e vocês, homens, ficam hipnotizados. É como eu olhando para a mesa de sobremesas, só que eu pelo menos posso comer a minha.
>
> **–Monique Marvez**

Qualquer peça de humor rapidamente perde a graça devido à repetição ou quando o final é muito previsível. Todos adoram trocadilhos espertos, mas só os trocadilhos *surpreendentes* geram o riso. Sorrimos com gracejos, mas rimos com piadas.

As técnicas que mais provocam a surpresa são: a reversão de expectativa (quando você cria uma armadilha para a plateia) e a incongruência (mais eficaz quando todos têm plena noção dos fatos, mas alguém que eles estão observando não).

> O fim da picada é o caso de Houston, onde há um Starbucks na frente do outro. Isso é para quem sofre de Alzheimer? Você acaba de tomar um café, sai para a rua e diz: "Ei, olha lá um Starbucks"!
>
> **– Lewis Black**

Se o riso é o sangue que corre nas veias de um redator de humor, então a surpresa seria o seu coração. A necessidade de surpreender é a única regra fundamental da comédia.

> Ontem, em West Virginia, um homem foi preso por ter roubado várias bonecas infláveis. Parece que a polícia não teve dificuldades em capturar o sujeito, que já estava sem fôlego.
>
> **– Conan O´Brien**

De acordo com o dramaturgo Abe Burrows, a melhor maneira de definir o tipo de surpresa é usar termos esportivos. Uma piada é uma bola de efeito, um chute que faz uma curva no último instante e confunde o goleiro. "Você chuta uma bola retinha para a plateia e aí, bem no fim, ela faz uma curva. Piadas boas fazem isto" – disse Burrows. Para provocar a curva inesperada às vezes é necessário sacrificar a gramática e até mesmo a lógica.

Ele pode até não saber cantar, mas como dança mal.

Uma palavra-chave prepara a surpresa, faz a plateia achar que sabe o final. Observe como a palavra *metade* funciona, no exemplo a seguir.

Minha mulher e eu discutimos muito, mas ela só leva a melhor em metade das discussões. Minha sogra vence a outra metade.

– Terry Bechtol

Existem muitas maneiras de surpreender as pessoas, mas você deve sempre lembrar que não dá para ser engraçado sem surpreender.

Superioridade

Parece que há grande necessidade de as pessoas se sentirem superiores. O humor satisfaz essa necessidade.

Se não consegue rir de si mesmo, esculache os outros.

–Bobby Slaton

"O humor é uma reação à tragédia e a piada é sempre às custas de outra pessoa"– afirmou o antropólogo Alan Dundes. Nós rimos mesmo quando o bebê cai e faz barulho, mas defendemos esse deslize sádico dizendo: "Que gracinha". Não é uma gracinha, principalmente pela perspectiva do bebê. Muitas vezes o humor ridiculariza a inteligência, posição social e enfermidades físicas ou mentais daqueles que consideramos inferiores a nós.

O pior não é comprar em lojas vagabundas. O pior é quando outro freguês te confunde com um vendedor.

– Dennis Miller

Não poupamos nem aqueles que consideramos *superiores* a nós. Adoramos ostentar e gozar de cada falha (real ou atribuída) de autoridades, ricos, famosos, pessoas mais inteligentes, mais fortes, ou mais admiradas. Quanto maior o prestígio da vítima, maior nosso desejo de igualá-lo a nós.

ERROS DE DIGITAÇÃO: UMA ARTE CHEIA DE SUPERIORIDADE

Não há nada mais superior que tripudiar sobre o erro inconsciente de outra pessoa, e talvez seja esse o motivo pelo qual os erros de digitação sejam um manancial tão rico para o humor e as piadas atuais. A palavra original e a criada pelo erro de digitação devem ser familiares para não haver dúvida de que todo o público entenderá a *gag*.

Quando meu curso foi publicado no catálogo de cursos do semestre passado digitaram o nome errado. Saiu como "Relações Púbicas Avançadas". Tive 1.500 alunas matriculadas... e isso só contando as esposas dos professores.

– Mel Helitzer

No relatório da comissão que investigava o atentado de 11 de setembro, atestaram que foi o Irã – e não o Iraque – que auxiliava a Al-Qaeda. Acho que invadimos o país errado por causa de um erro de digitação.

– David Letterman

Humor é crítica social: o objetivo é esvaziar a bola dos outros. O humor tem sido uma catarse emocional para todas as minorias étnicas americanas: irlandeses, alemães, árabes, judeus, negros, latinos etc. Há pouquíssimos livros de humor sobre os WASPS*, mas isso não significa que não existam piadas sobre eles.

* N.T.: WASP = abreviatura para White Anglo-Saxon Protestant, definição abrangendo os americanos brancos, protestantes e descendentes de ingleses, ou seja, a maioria.

Num estudo recente, cientistas concluíram que beber cerveja pode ser bom para o fígado. Desculpe, falei "cientistas"? Queria dizer "irlandeses".

– Tina Fey

Sou uma WASP, e, na verdade, até que alguns do meu povo estão se saindo bem.

– Penelope Lombard

O humor também dá confiança aos inseguros. Mesmo se nos considerarmos como "um dos que têm" (tenho poder, tenho dinheiro, sabedoria ou prestígio), há uma insegurança tremenda sobre como nós conseguimos isso e por quanto tempo iremos mantê-lo. Os americanos têm um imenso senso de inferioridade, disfarçam isso com piadas sobre superioridade.

Já fui ao Canadá e sempre tive a impressão de que eu poderia conquistar aquele país em cerca de dois dias.

– Jon Stewart.

Existem duas maneiras de se sentir superior: a primeira é por realizar um trabalho exemplar, que receba aclamação pública. Isso é difícil; a segunda maneira (a mais fácil) é criticar publicamente as realizações dos outros. Isso diminui o prestígio deles e focaliza a atenção sobre nós. Independente de quão deplorável possa ser o segundo método do ponto de vista ético, a quantidade de tempo e de esforços exercidos menosprezando o trabalho dos competidores geralmente é muito maior do que a quantidade de tempo e esforços que gastamos aprimorando as nossas próprias habilidades.

A pena por rir num tribunal é seis meses de cadeia. Se não fosse por essa penalidade, os júris nunca conseguiriam ouvir os depoimentos.

– H. L. Mencken

A centelha do riso sempre se acende com a desgraça daqueles que tememos. "O humor é a arma dos que estão por baixo", disse psicólogo Harvey Mindess. "Devemos procurar caminhos para escoar nossos sentimentos de inferioridade, ao descobrirmos os podres de nossos superiores". Em suma, sentimo-nos superiores por terem a imagem manchada e por não estarmos na mesma situação desagradável.

Como indivíduos (independente de nosso *status*), nosso humor geralmente mira para cima, contra as figuras de maior autoridade.

Num grupo, nosso humor mira para baixo, em direção aos grupos que não correspondem aos nossos costumes sociais, religiosos, nacionais ou sexuais.

> Trabalhei algumas vezes lá no extremo Sul dos Estados Unidos... Alabama. A sala de espera de Darwin perde. Tem sujeitos no Alabama que são seus próprios pais.
>
> **– Dennis Miller.**

Segundo Sigmund Freud, a explicação deste fenômeno é que "grande parte do humor está orientada para manter o *status quo*, ao ridicularizar os desvios de comportamento social e reassegurar à maioria que o seu estilo de vida é o adequado. É usado como uma arma de 'os de dentro' contra 'os de fora'".

> Se você é negro, tem que olhar para os Estados Unidos de um modo um pouco diferente. Tem que ver os EUA como aquele tio, que bancou os seus estudos mas lhe abusou na infância.
>
> **– Chris Rock**

O comediante não é nenhum El Cid a cavalo. Está mais para um guerrilheiro atacando, correndo, driblando e despistando. Para viver de humor, é necessário estar sempre em movimento.

O humorista profissional precisa ter em mente que o público prefere quando a técnica e os temas apresentados fazem com que se sintam superiores. Quando alguém é satirizado numa cerimônia em sua homenagem, essa pessoa sorri apenas porque sabe que todos estão esperando por sua aprovação. Mas, apesar de ser o convidado de honra, preferia ter ficado em casa com a esposa, onde seria insultado da mesma forma, mas pelo menos poderia ter reagido.

Agora que já discutimos os dois motivos principais pelos quais as pessoas riem – surpresa e superioridade –, examinaremos os outros seis motivos. Essas teorias sobrepõem-se umas às outras e funcionam reforçando ou mesmo como parte das duas teorias principais.

Instinto

O riso é um instinto inato, um fenômeno da evolução. Aparentemente, é uma função do sistema nervoso que estimula, relaxa e restaura uma sensação de bem-estar. Os primatas, com pouca habilidade para a comunicação verbal, demonstram a amizade com um simples sorriso (boca fechada). Demonstram raiva e hostilidade com a boca aberta, expondo todos os seus dentes, apesar de precisarem de um bom dentista.

> Cientistas acreditam que os macacos podem ser ensinados a pensar, a mentir e até mesmo a atuar politicamente dentro de sua comunidade. Se conseguíssemos ensinar-lhes a enganar as pessoas poderíamos economizar milhões em salários de deputados.
>
> **– Jay Leno**

Para os seres humanos, o riso evoluiu como um substituto para a agressão. O triunfo geralmente vem acompanhado de um sorriso largo (boca aberta) seguido imediatamente por um urro de alegria. É só observar um jogador de futebol depois de marcar um gol.

Se o riso é biologicamente instintivo, o velho ditado de *nunca confiar em alguém que ri alto demais* deve ser retificado para incluir aqueles que riem de boca aberta. Nós rimos e fazemos piadas não quando procuramos alguém em busca de conforto, mas quando procuramos alguém para *esmagar.* É uma tentativa de dar vazão à nossa hostilidade, já que a agressão física não é algo lá muito prático.

Incongruência

Segundo o dicionário, algo é incongruente quando é inconsistente consigo mesmo. Por exemplo, sempre que alguém se comporta de maneira rígida, que de repente se torna inadequada para a lógica da situação, essas esquisitices resultam numa cena ridícula. Esse efeito cômico pode surgir de uma incongruência de fala, de ação ou de caráter.

Segundo o filósofo Henri Bergson, um tipo de incongruência cômica é o emparelhamento não convencional de pensamentos ou de ações.

> Só há dois tipos de dinheiro no mundo: o seu dinheiro e o meu dinheiro.
>
> **– Milton Friedman**

Parece que há mais do que uma raiz semântica latina compartilhada pelas palavras *ridículo* e *ridicularizar*. No humor, nós "ridicruelizamos". Muitas situações incongruentes provocam o riso, porque permitem que o observador se sinta superior. Alguns dos melhores exemplos desse tipo de incongruência cômica são as pegadinhas em programas de televisão, como *Câmera Indiscreta*. Esses programas são elaborados para nos fazer rir de pessoas tentando manter a dignidade em circunstâncias bizarras. A plateia diverte-se ainda mais quando está por dentro de todos os fatos relacionados à situação e, portanto, sente-se superior à vítima perplexa da piada.

Allen Funt, o criador de *Câmera Indiscreta*, declarou que a pegadinha da caixa de correio que fala foi a que mais arrancou gargalhadas no programa. A incongruência de uma caixa de correio conversando com alguém já é engraçada, mas o ápice das gargalhadas vem quando o homem liga para um amigo e pede para ele ouvir essa conversa fantástica. Começa então a falar com a caixa postal. Em seguida a caixa de correio não diz uma palavra.

Enquanto a vítima fica mais e mais exasperada, berrando com a caixa de correio, a câmera corta para um *close* do amigo, que está claramente questionando a sanidade do companheiro.

A incongruência pode assumir a forma de um enredo humorístico inteiro, ao invés de uma única piada. Um exemplo comum é quando um personagem se esconde no armário momentos antes de uma autoridade (marido, chefe ou guarda) entrar no quarto. Este contexto tem uma centena de variações e é sempre uma atração popular, pois o público conhece todos os fatos e, portanto, sente-se superior.

Ambivalência

Esta teoria assemelha-se à incongruência, ao depender de experiências incompatíveis. O riso nervoso disfarça o nosso reconhecimento das convenções rígidas, que nos fazem parecer idiotas quando desnudados pela luz estroboscópica dos humoristas. Num mundo desonesto, a honestidade é motivo de riso.

Dizem que é bom instalar uma câmera oculta para observar a babá tomando conta do seu bebê. Depois não reclame quando ele crescer e disser que sua vontade de ser *videomaker* veio de berço.

– Dave Chapelle

Enquanto a incongruência é o confronto de ideias, a ambivalência é a presença simultânea de emoções conflitantes, como os relacionamentos de amor e ódio. Isso é o trunfo de grandes humoristas, como Bill Cosby, que fazem graça do antagonismo que um pai pode sentir em relação a um filho, por exemplo.

> Poxa, ouça o que estou te dizendo, porque fui eu quem te trouxe ao mundo e sou eu quem pode te tirar dele.
>
> **– Bill Cosby**

Outro fato corriqueiro sobre ambivalência é o relacionamento entre mãe e filho (que faz a fortuna dos analistas).

> Minha mãe nunca percebeu a ironia de ficar me chamando de filho da puta.
>
> **– Richard Jeni**

Esse tipo de humor mascara nossa culpa ou nossos erros idiotas; é uma tentativa de manter a dignidade. O humor autodepreciativo é apenas um recurso para deixar o público à vontade e para que você possa assumir o controle.

Alívio

O nosso riso acanhado acontece quando deixamos um copo cair ou quando um erro inocente é descoberto; nessas situações, o riso serve para aliviar a tensão. Mas pode ser também um evento planejado, um esforço consciente de atenuar as inibições e as tensões da vida. Quando vamos a uma peça de Neil Simon ou a um espetáculo de Robin Williams, queremos que o humor nos ajude a dissolver no riso nossas ansiedades.

> Todo mundo sabe que um motorista bêbado é muito perigoso. Mas perigoso mesmo é um passageiro palpiteiro embriagado, ainda mais se ele for persuasivo.
>
> **– Demetri Martin**

A comédia funciona melhor quando a plateia está ansiosa para participar de uma experiência coletiva; o alívio vem sempre com a aprovação final do grupo.

Para esse tipo de humor funcionar, na plateia todos devem estar por dentro da trama desde o início. Se o público e o ator não sabem o que está atrás da porta, é mistério; mas, se a plateia souber, e ainda assim há alguém que não saiba, isso é comédia de alívio.

Alguma vez você se perguntou por que cantamos "Leve-me ao jogo de bola" se já estamos lá?

Uma teoria diz que, se sentimos a necessidade de rir, é por que apanhamos da vida durante o dia e agora queremos ver outras pessoas levarem uns tabefes. Miséria pouca é bobagem, mas só se pudermos rir *deles* e *eles* não puderem rir de nós. Rimos loucamente, até mesmo em um jogo de vôlei em que a bola sai de quadra e um jogador corre para buscá-la e atropela sete espectadores.

Ouvi dizer que os cegos estão reclamando que cães-guia são caros, difíceis de treinar e ainda mais complicados de adquirir. Por mim eles podiam usar anões. Com certeza anõezinhos dariam conta do recado.

– Chris Rock.

Isso é sadismo – e superioridade.

Quebra-cabeça

Costumamos rir quando peças aleatórias de informação se encaixam: *Ah, então é assim que funciona!*

Aprendi sobre sexo da maneira mais difícil: através dos livros!

– Emo Philips

Nós sorrimos, ou até mesmo rimos em voz alta, quando experimentamos aquela visão súbita de ter solucionado um mistério, terminando palavras-cruzadas ou finalizando uma tarefa difícil. Os teóricos chamam isso de humor de configuração: quando conseguimos resolver as charadas, rimos em voz alta, porque ficamos encantados com a solução (surpresa) e queremos que o mundo saiba que somos muito espertos (superioridade).

Regressão

A teoria freudiana sustentou que o humor, como o sono, é terapêutico e pode expressar – de maneira relativamente apropriada – ânsias ou desejos, que por outro modo não poderiam ser liberados (como o desejo de atuar sobre o comportamento infantil regressivo sexual ou agressivo). Mais especificamente, Freud acreditava que mau humor pode ser um sinal de doença mental.

> Minha teoria é que as mulheres não invejam o pênis. O homem é quem pensa que seu pênis é de dar inveja. Vai ver Freud também tinha dúvidas sobre o seu.
>
> **– Bob Smith**

O psicólogo J. C. Flugel escreveu: "Rimos para poder regredir à infância sem parecermos idiotas. Adotamos um jeito brincalhão, porque é uma forma de relaxamento". É por isso que, universalmente, as histórias em quadrinhos são o formato de humor mais aceito entre adultos, independente de cultura ou nacionalidade.

> Somos jovens apenas uma vez. Mas, com o humor, podemos ser imaturos para sempre.
>
> **– Art Gliner**

Os psicanalistas descobrem muito sobre seus pacientes prestando atenção no humor de cada um deles. Você pode aprender bastante sobre sua própria formação psicológica se questionando constantemente (e respondendo com sinceridade): *Por que rio dessa piada e não de outras?*

> Todo homem é um completo idiota por cinco minutos a cada dia; a sabedoria consiste em não passar dos limites.
>
> **– Elbert Hubbard**

Nossa regressão à infância através do humor normalmente se passa quando estamos em grupos. Para aprovação, subjugamos nossas preferências humorísticas: se os líderes do grupo aprovam o humor, rimos; se desaprovam, vaiamos. Raramente apreciamos a comédia que não agrada a multidão. Se somos os primeiros a rir, trocamos um empolgado *rá-rá* por um simples *rá*, se ninguém juntar-se a nós. Mesmo quando somos infantis, precisamos da aprovação alheia.

RIA COMO EU RIO

Uma das plateias mais difíceis para um humorista é uma sala com executivos em que o chefe supremo está presente. A cada vez que o palestrante conta uma piada, todos no local observam o manda-chuva: se ele não rir, todos ficam quietos, mas, se tem bom humor e ri com facilidade, seus subordinados têm "permissão" para relaxar. Apesar de essa aprovação durar apenas um segundo, pode acabar com o *timing* de um comediante.

Não camuflemos nossas verdadeiras intenções; nós não usamos o humor apenas para entreter o mundo. O humor agressivo é parâmetro, porque a comédia é uma crítica socialmente aceitável, uma catarse que combina notabilidade com respeitabilidade.

A única maneira de conseguir viver como humorista é a plateia desmerecer o seu alvo tanto quanto você. Compreender o que motiva o seu público é um dos segredos da boa redação humorística. Você precisa manter a surpresa e a superioridade.

A CIÊNCIA DO HUMOR: QUESTÃO DE VIDA OU MORTE

Em 2001, Richard Wiseman, cientista britânico e criador do LaughLab (www.laughlab.co.uk), coordenou uma pesquisa mundial *online* para descobrir qual era a piada mais engraçada do mundo. Para isso, criou um *site* onde os visitantes podiam enviar e avaliar as piadas uns dos outros. Mais de 40 mil piadas foram recebidas e 70 países participaram da pesquisa (embora 2/3 tenham sido consideradas inapropriadas). Com base em milhões de cliques, a piada eleita como a mais engraçada do mundo é:

Dois caçadores caminhavam pela floresta, quando um deles caiu ao chão. Ele não parecia estar respirando, pois seus olhos

reviraram e ficaram brancos. O outro sujeito pegou o celular e ligou para os bombeiros.
Nervoso, gritou com a atendente: – Meu amigo morreu! O que que eu faço?
A atendente falou tranquilamente: – Fique calmo. Eu posso te ajudar. Primeiro, precisamos ter certeza de que ele está morto.
Ouve-se um silêncio. Em seguida o som de um tiro.
Entra novamente a voz do sujeito na linha: – OK, e agora, o que faço?

A pesquisa do LaughLab revelou outros dados interessantes: os alemães foram os que deram as notas mais altas, enquanto os canadenses deram as mais baixas. Se você gosta de piadas com animais falantes, use um pato: este foi considerado o animal mais engraçado. A piada mais postada foi: "Conhece a piada do pinto? Piu". Ninguém achou graça.

Com o avanço dos instrumentos de leitura cerebral, os cientistas agora podem estudar como o humor é processado pelo cérebro. Nesses experimentos, eles monitoram as funções cerebrais de voluntários enquanto leem, ouvem ou assistem a um estímulo humorístico, como um episódio de *Os Simpsons* ou de *Seinfeld*, por exemplo. Embora esse tipo de pesquisa esteja ainda em seus primórdios, há um consenso emergindo em relação à reação do cérebro ao humor. A porção do cérebro baseada na linguagem (o córtex frontal esquerdo) "entende" a piada ao reconhecer a ambiguidade, a incongruência e a surpresa do humor. As áreas emocionais do cérebro (como a amígdala) aprovam o humor e disparam o riso.

Aos poucos, a ciência será capaz de decifrar pilares neurológicos do humor. O mistério do que é realmente "engraçado" nunca será resolvido, porque o senso de humor é tão único quanto uma impressão digital. Por exemplo, uma pessoa pode achar os Três Patetas o máximo do humor, enquanto outra não acha a menor graça no Moe abusando do Curly. Isto ilustra as diferenças individuais na percepção do que seja engraçado.

O HUMOR NEGRO FAZ-NOS SENTIR MELHOR?

O humor negro sempre emerge de uma situação trágica. Horas depois do acidente nuclear em Chernobyl, as ondas do rádio estavam repletas disso:

PERGUNTA: Como se chama uma prostituta que brilha no escuro?
RESPOSTA: Michêrnobyl.

Piadas grosseiras, insensíveis, de mau gosto, possuem um propósito importante? O consenso é que o humor é uma maneira de lidar com a tragédia. Quanto maior o medo, maior a necessidade de criar piadas para afastá-lo.

Muitas das piadas ofensivas, dessas tragédias por exemplo, formam uma espécie de "humor proibido", contadas somente de pessoa para pessoa, mas raramente em espetáculos públicos.

O recepcionista do Hilton estava consternado, porque Jesus em pessoa chegara para pedir-lhe um quarto, mas, como o hotel estava lotado, não havia como conseguir um lugar para Ele. Jesus, misericordioso, logo deu o seu jeito: – Não tem problema – disse, apontando para sua bagagem. – Me arruma três pregos que eu durmo naquela cruz ali.

Os psicólogos sempre se interessaram por explicar o comportamento humano através do humor. É uma manifestação importante daquilo em que a sociedade realmente acredita, mas não ousa falar ou ensinar. "Não confrontamos a tragédia diretamente" – sugere Joseph Boskin, da Universidade de Boston, "então tentamos nos consolar de uma maneira humorística".

Muitas vezes rir das desgraças substitui pensamentos negativos por positivos, quer estejamos rindo dos outros ou das nossas próprias desgraças. Sigmund Freud, que estudou o humor (algo que nem Freud explica), teorizou que, ao substituir por palavras aquilo que não podemos realizar com atos, as piadas nos permitem expressar impulsos agressivos e sexuais inconscientes.

Mas quanto ao humor negro, o verdadeiro motivo das pessoas contarem esse tipo de piada é mais simples: angariar respeito ou, pelo menos, atenção. Quando somos crianças descobrimos que, ao deixarmos cair as calças ou dizermos alguma palavra imprópria, sempre provocamos risos. Podemos ter crescido, mas o desejo de chamar a atenção e adquirir a aprovação através de um humor ousado permanecem.

Muitos comediantes acreditam que, quando fizerem sucesso, não precisarão mais do humor pesado. Certa vez, Larry Wilde, humorista e palestrante motivacional, disse: – (O humor negro) geralmente é usado pelos novos comediantes, ansiosos por serem notados. Ao envelhecer, você descobre que piadas com morte e doenças incomodam o público.

Em outras palavras, um humorista tem que ter muita coragem para usar um *humor limpo*. Pode ser uma coincidência, mas uma sigla muito interessante surge como resultado dos três elementos usados por aqueles que dependem do humor negro para atrair a atenção: Choque, Ultraje e Surpresa. Pegando as primeiras letras, dá em *CUS*. O que será que Freud diria a respeito?

É HORA DO ESPETÁCULO

Os exercícios a seguir reforçam a importância de se examinar o motivo de algo ser engraçado:

- Pegue a sua coleção de piadas e *cartuns* e analise cada item, usando os dois princípios mais importantes do humor: surpresa e superioridade. Identifique como o elemento de surpresa é utilizado e as maneiras pelas quais o público se sentirá superior.
- Escolha um artigo ou uma coluna humorística e assinale as partes engraçadas. Examine o texto para verificar como o autor usa o fator surpresa para inserir a piada.
- Assista a um filme de comédia. Nas cenas engraçadas, pare o filme e descreva, em um caderno, como e por que o humor funcionou. Preste atenção especificamente nos dois princípios mais importantes: surpresa e superioridade.
- Examine causos e anedotas pessoais e confirme como a surpresa e o senso de superioridade desempenham um papel no humor.

CAPÍTULO 3
A receita do humor

Ao invés de nos empenharmos na sobrevivência da humanidade, deveríamos estar nos empenhando na sobrevivência apenas dos mais engraçados, e, assim, todos poderíamos morrer de rir.

– Lily Tomlin

Existem seis ingredientes essenciais em qualquer receita de humor. A ausência de qualquer um deles desanda a receita e faz o humor murchar como um suflê. Estes seis elementos são necessários, quer o humor esteja em formato de frase (como em uma longa anedota) ou de peça teatral (em três atos).

- Alvo
- Hostilidade
- Realismo
- Exagero
- Emoção
- Surpresa

Esta ordem não precisa ser rigorosamente obedecida, foi configurada assim para formar uma sigla memorável: THREES* (no texto original em inglês).

Esta fórmula foca no "*como*" e no "*porquê*" do humor. O *alvo* é o "*como*", e o "*porquê*" é a *hostilidade*, o *realismo*, o *exagero*, a *emoção* e a *surpresa* contidos na piada.

* N.T.: Em inglês (pela ordem: Target, Hostility, Realism, Exaggeration, Emotion, Surprise) a primeira letra de cada palavra forma a sigla THREES, que significa 'três' – embora os elementos sejam seis.

ALVO: AJUSTANDO SEU HUMOR PARA ACERTAR NA MOSCA

Instintivamente acreditamos que o humor é divertido. Não é não! Humor é crítica disfarçada de entretenimento e direcionada a um alvo específico.

> Se não tem cadáver, normalmente não tem piada.
>
> **– Mike Sankey**

A escolha certeira do seu alvo no humor não é apenas importante; talvez seja o fator mais crítico na redação humorística comercialmente bem sucedida. A teoria do MAP (*material, apresentador* e *plateia*) – afirma que o material deve estar de acordo com a *persona* do redator (ou apresentador) e os interesses do público. Seu alvo pode ser praticamente qualquer coisa ou pessoa, mas você precisa certificar-se de que ele seja adequado para aquela plateia.

Não se pode ter uma plateia inteira como alvo, assim como não se consegue fazer o mundo inteiro sentir vergonha. O humor é uma tentativa de desafiar o *status quo*, mas a definição do seu alvo deve reforçar a hostilidade e o preconceito do público.

Isso significa que o humor é sempre injusto. Como as charges, as piadas são parciais; nelas não há espaço para explicações ou argumentos equilibrados. Como H. L. Mencken resumiu: "Meu negócio é o diagnóstico, não a terapêutica".

> Detesto *telemarketing*. Prefiro *disk* sexo, pelo menos estão fazendo isso por prazer.
>
> **– Margaret Smith**

Um redator iniciante às vezes escolhe alvos limitados, como sua (seu) namorada (o). Aí é que está o problema: seu companheiro pode ser a pessoa mais bizarra ou hilária na história da espécie humana, mas ninguém se interessa por ele (ela), exceto os membros de sua família (e olhe lá). A não ser que a plateia possa compartilhar suas experiências por serem próximas a eles, é melhor se apresentar no banheiro. Será mais seguro.

Humoristas de sucesso buscam alvos universalmente conhecidos. Erma Bombeck escreveu sobre as angústias de ser mãe, mas não focou nas esquisitices de sua família. Por ter evocado experiências comuns, o humor de Bombeck conquistou fiéis leitores.

Generalizar demais também pode trazer problemas. A forma como as pessoas dirigem, por exemplo, é um assunto amplo que não é útil ao humor; o alvo deve ser mais específico, como a capacidade da mulher de dirigir, retocar a maquilagem e falar ao telefone, tudo ao mesmo tempo. Ao definir melhor o alvo, você aumenta a probabilidade de o desfecho surpreender muito mais a plateia.

A escolha desse alvo deve ter critérios. Demanda estudo, habilidade e precisão para **MAP**ear seu caminho até atingi-lo. Alvos fortes, como observamos antes, abrangem de pessoas a crenças pessoais. Vamos analisar de perto alguns dos alvos mais comuns: sexo, celebridades, lugares, produtos, ideias e você mesmo.

Você: implique com alguém do seu tamanho

Você é, de longe, o alvo menos ofensivo (mas um dos mais eficazes). Como o diretor e roteirista Carl Reiner observou: "Convidar as pessoas para rirem com você, enquanto você ri de você mesmo, é uma coisa boa. Você pode fazer papel de bobo, mas é o bobo no comando."

> O sistema sempre me fode. É o meu destino na vida. Sou a mulherzinha do sistema.
>
> **– Drew Carey**

Muitos comediantes abrem suas apresentações ridicularizando suas deficiências, características físicas, sua conta bancária, sua inteligência e até mesmo seu sucesso. Como as pessoas sempre estão dispostas a rir da desgraça alheia, esta é a maneira mais segura de aquecer sua plateia. Quando o público já está rindo, é hora de passar para questões mais quentes.

> Quero ser tão famosa que, quando eu morrer, os travestis vão vestir-se igual a mim.
>
> **– Laura Kightlinger**

Sexo: pintou sujeira

Sexo é um dos alvos mais populares. Praticamente um quarto de todo o humor produzido aborda esse tema. Todos nós somos mais ambivalentes em relação à atividade sexual do que a respeito de qualquer outro assunto. Não que sejamos fascinados por estripulias: é que somos frustrados por relatos exagerados de desempenho.

> Um velho chega ao consultório e pergunta a seu médico: – Doutor, por que nao posso fazer sexo cinco vezes ao dia?
>
> – Você tem 75 anos. Fisicamente isso é impossível. – respondeu o médico.
>
> – Mas meu amigo Bernie diz que faz um sexo formidável, cinco vezes por dia! E que as mulheres mais bonitas da cidade são loucas por ele.
>
> – Ah, é o que ele "diz", é? – respondeu o médico. – Isso é que é sexo oral!

De acordo com as pesquisas, as maiores preocupações sexuais dos homens normalmente giram em torno do tamanho do pênis, da capacidade de manter a ereção, da *performance*, da frequência de relações, a ejaculação precoce e a impotência (que não por acaso é quase um homônimo de "importância"). Como diz a frase romântica: "Brochar é sempre ter que pedir perdão".

> Não sou um bom amante, mas pelo menos sou rápido.
>
> **– Drew Carey**

No *Relatório Hite sobre a sexualidade masculina*, Shere Hite revelou que, enquanto os homens enaltecem a sexualidade, "também a odeiam e se sentem enganados por ela"; sentem-se, ainda, aprisionados pelos estereótipos sexuais. A maioria deles descobre que é incapaz de falar abertamente sobre suas ansiedades, broncas ou desejos. Reclamam também das pressões que sofreram no início da vida sexual para conseguir e manter ereções frequentes, controlar o *timing* das ejaculações e para compreender (sem falar em satisfazer) as necessidades orgásticas das companheiras. Com o surgimento do Viagra, piadas de disfunção erétil têm sido frequentes em seriados como *Seinfeld* e *Friends*.

A bula do *Cialis* adverte que, se a sua ereção durar mais de quatro horas, é preciso ligar para o seu médico. Cara, na minha idade, se eu tiver uma ereção por mais de quatro horas, vou ligar para todo mundo!

Estudos sobre o humor sexual indicam que comediantes iniciantes costumam escolher temas que discriminam os homens (independente da plateia ou do gênero do apresentador), e assuntos que menosprezam partes do corpo e o desempenho sexual.

Já namorei um sujeito que bebia e tomava café ao mesmo tempo. Um verdadeiro príncipe: mau hálito, pau mole e insônia.

– Kris McGaha

Muitos humoristas baseiam suas piadas nos desvios das normas sexuais.

Você sabe que é *gay* quando se abaixa e vê quatro bolas.

– Garry Shandling

As mulheres são tão inseguras quanto os homens em relação a desempenho e satisfação, por isso também se interessam por piadas picantes.

Sou uma grande fã do pênis. Não existe um igual a outro...como os flocos de neve.

– Margaret Cho

Fico confusa com os homens. Durante o sexo, de repente começam a gritar: "Estou gozando! Estou gozando"! Olho em volta e não vejo da cara de quem estão gozando. Será que é de mim?

– Emily Levine

Celebridades: o preço da fama é a lama

Celebridades são alvos (populares) do humor barato, pois atraem muitas fofocas, que servirão como material. Nosso apetite por uma poção de veneno sobre nossos ídolos, ícones e vilões é insaciável, e como o público idolatra indiscriminadamente os famosos e os infames, a mídia aproveita para inventar cada vez mais novas celebridades. Paradoxalmente, assim que os "neofamosos" chegam ao ápice de sua badalação na mídia, começamos a humilhá-los com boatos e insinuações humorísticas.

> Neste Halloween a máscara mais vendida é a do Arnold Schwarzenegger. E sabe o que é melhor? Com a boca cheia de balas, você consegue falar igualzinho a ele.
>
> **– Conan O'Brien**

Lugares: a grama do vizinho é sempre mais engraçada

A necessidade de nos sentirmos superiores é motivo de ridicularizarmos os lugares. Sejam países (França, Coreia do Norte), cidades (Nova Iorque, Washington), e locais que estejam no noticiário (bairro, rua, boteco, motel). Cada humorista tem um local favorito para desovar o seu lixo.

> Me mudei de Nova Iorque para Athens, no Ohio. Choque cultural perde. Da cidade que nunca dorme para a cidade que nunca acordou.
>
> **– Mel Helitzer**

Produtos: a propaganda é a piada do negócio

Existe um *website* inteiro de venda de produtos que são alvos preferidos dos humoristas; vão desde reconstruções de automóveis a joias, equipamentos esportivos e *fast-food*. A regra é simples: o seu alvo deve incomodar a seu público tanto quanto incomoda a você. É mais fácil iniciar de trás para frente. Comece com o desfecho, mas não revele sua posição até poder definir a *deles*. Se na plateia tiver algum caçador, abandone piadas de Ellen DeGeneres como estas:

> Se pendurar cabeças de veado empalhadas na parede já é ruim, pior é quando eles estão usando óculos escuros, chapéu no chifre e serpentina enrolada no pescoço. É aí que você descobre que eles estavam em uma festa quando foram baleados.
>
> Conheço um cara que tem um AK-47 que dispara cem tiros por minuto. Bem, se você precisa de cem balas para acertar um veado, a caça não é o seu forte.

Ideia: uma piada na cabeça e uma ideia na mão

Polêmicas são sempre muito úteis ao humor: religião, significado da vida e da morte e política, por exemplo. Os políticos que dizem besteiras são a base dos monólogos nos *talk-shows*. As piadas baseadas em ideologias são fáceis de dar errado porque assim como a política, não são fáceis e serem entendidas. É esse o motivo de ser tão difícil participar do programa de David Letterman: para evitar ter na plateia pessoas que não apreciem seu sadismo, ele seleciona cuidadosamente seu público.

> Não existem pais perfeitos. Até Jesus teve um pai omisso e uma mãe dominadora. Eu teria problemas em confiar nas pessoas, se meu pai deixasse que me crucificassem.
>
> **– Bob Smith**

Embora a sensação de superioridade seja essencial para o humor, ainda assim você pode ser engraçado *apoiando* uma ideia, ao invés de contradizê-la. Segundo o humorista político Mark Katz: "A comédia nasceu do anarquismo, mas agora virou porta-voz".

> Ser bissexual dobra as chances de você se dar bem num sábado à noite.
>
> **– Woody Allen**

É HORA DO ESPETÁCULO

Como você pôde perceber, a lista de potenciais alvos humorísticos praticamente não tem fim. Faça uma relação, de sete a dez assuntos, tópicos ou alvos passíveis de humor. Ou seja, identifique aquelas coisas que você quer sacanear.

Como observamos na teoria do MAP (primeiro capítulo), o material do humorista deve-se adaptar à *persona* do redator ou apresentador; cada um tem o alvo que lhe oferece maior conforto. Pegue a sua lista e identifique os três alvos com os quais você se sentiria mais à vontade para ridicularizar.

HOSTILIDADE: RIDI*CRUELO*

O segundo ingrediente na receita dos TRÊS é a hostilidade. O humor é um antídoto poderoso para muitos dos sentimentos hostis que possuímos (sempre temos bronca de alguma coisa). No humor, a palavra *ridículo* escreve-se *ridicruelo*: a comédia é cruel. Essas duas palavras andam sempre juntas.

Sempre somos hostis a alguma coisa, seja ela uma pessoa, um objeto ou uma ideia; a não ser que você seja um santo. Não há a menor graça em uma história em que um casal aparece perfeito e feliz; agora, quando o marido machão e autoritário discute com a mulher na cozinha, enquanto ela pica cebolas com uma enorme faca afiada, e para encerrar a conversa ele vira de costas e diz "Ah, corta essa", com certeza você dará altas gargalhadas.

A seguir iremos abordar alguns dos motivos mais comuns que provocam hostilidade (e, portanto, risos): autoridade, sexo, dinheiro, família, angústia, tecnologia, e diferenças entre grupos.

Autoridade: manda quem pode, faz piada quem não tem juízo

A hostilidade em relação às autoridades é algo internacional, mas nos EUA isso é uma herança nacional. Desde a Guerra Civil, os americanos gostam de furar o balão inflado da arrogância autoritária só para vê-lo murchar. O humor é uma grande catarse, porque permite que o público tenha a oportunidade de desabafar suas indignações contra autoridades, as maiores ou as menores.

> Procurei a palavra "política" no dicionário e descobri que na verdade é uma combinação de duas palavras: poli, que significa "muito" e tica, que é uma corruptela de "titica".
>
> **– Jay Leno**

Uma característica dessa hostilidade é invariavelmente ridicularizarmos (atacando) aqueles que percebemos como superiores (ou numa posição superior).

> O presidente do Senado resolveu proibir o fumo dentro do Congresso. Quando anunciou sua decisão, ficou espantado com a re-

ação indignada dos senadores, que ameaçaram destituí-lo do cargo. Confuso, o senador resolveu saber o que estava acontecendo: – Por que essa comoção toda? Eu apenas estipulei que aqui dentro, por ser um ambiente fechado, vai ser proibido fumar. A maioria dos senadores já não fuma mesmo". Seu colega respondeu: "Ah, vai ser proibido fumar ? Então tudo bem. Nós tínhamos entendido que seria proibido furtar".

– Bill Maher

É fácil definir o público de Richard Pryor: a maior parte são jovens militantes negros, com uma ligeira porcentagem de jovens liberais brancos; os dois têm as autoridades brancas como inimigo. No monólogo memorável que publicaremos a seguir, Pryor, astutamente, usa essa bronca em comum para explicar sua prisão (que virou capa de jornal) por ter atirado no carro da esposa, numa noite em que ela ameaçou deixá-lo. Repare em como Pryor escolheu a polícia como representante das autoridades brancas.

Não quero nem mais ver polícia na minha vida, na minha casa, me arrastando pra cadeia, por ter matado o meu carro. E pra mim parecia justo matar meu carro, certo, porque minha mulher ia me largar, indo embora nesse carro. – Ah, nessa porra você não vai, não vai mesmo. Se quiser ir embora vai pilotando essas havaianas aí. Porque vou matar esse filho da puta agora – E eu tinha um daqueles Magnums grandões, sabe o barulho que eles fazem quando você atira? Atirei no carro... bum! E o carro foi: "Ahhhhhhh". Um barulho gostoso. Então atirei de novo... bum. "Ahhhhhh." E aquele carrão preto disse pra mim: "Manda ver. Atira em outra coisa". Atirei no motor. O motor arriou no chão. O motor disse: "Que se foda".

Alguns leitores podem enxergar o trabalho de Pryor como sendo vulgar, mas ele foi um gênio da comédia: foi o primeiro a receber o anual *Prêmio Mark Twain*, para humoristas americanos.

O humor hostil geralmente é endereçado verticalmente: os *office boys* fazem gozações com o chefe, mas não fariam nenhum tipo de piada sobre as faxineiras; os professores não perdem tempo zombando dos alunos, mas perdem horas com o pessoal da administração; já no exército, os soldados têm birra com os sargentos, que ridicularizam os tenentes, que por sua vez dão risadinhas sobre os coronéis, que comentam o temperamento dos generais, até que (diz a lenda) a esposa do General MacArthur exigiu que ele mudasse de religião, que entrasse em uma em que ele não acreditasse que fosse Deus.

Essa demanda pela hostilidade gerou o que é chamado de *humor niilista*: baseado na teoria de que não há nenhuma pessoa ou coisa sagrada que não possa ser ridicularizada. Os humoristas nos EUA contam com a proteção da Primeira Emenda, que garante a liberdade de expressão, e recebem assim a admiração de plateias, que riem e aplaudem suas críticas insolentes sobre deuses, líderes políticos e celebridades. Marty Simmons, editor do *National Lampoon*, credita o nascimento e o sucesso de sua revista ao clima antissistema do Vietnã e de Watergate. Mas essa liberdade de criticar deve vir acompanhada da devida perspectiva. Como admitiu um comediante, a hostilidade pode ser nada mais do que masturbação intelectual: "Aqui estou eu criticando o Presidente dos Estados Unidos. Enquanto isso, ele mora na Casa Branca e eu conto piadas idiotas no porão de um *Clube da Comédia*.

Quando líderes facilmente caricaturáveis concorrem à reeleição, os humoristas não sabem se votam de acordo com sua convicção ou com a profissão. Perguntaram ao colunista Art Buchwald por que ele não se aposentava e ele disse: "Mas logo agora, que o humor ficou tão fácil?"

Como dizem na Assembleia Legislativa (do Texas), se você não puder beber o uísque deles, comer as mulheres deles, pegar o dinheiro deles e votar contra os interesses deles, seu lugar não é aqui.

– Molly Ivins

Dinheiro: Uma inspiração que pode garantir seu salário

Enquanto os homens só pensam em sexo, as pesquisas indicam que as mulheres se preocupam é com dinheiro. Apesar disso, não há dúvida de que para ambos grana é uma fonte constante de irritação e hostilidade.

Quero ser rica um dia. Tem gente que fica tão rica que perde o respeito pela humanidade. É assim que eu quero ser.

– Rita Rudner

Se quiser saber o que Deus pensa a respeito do dinheiro, basta ver para quem ele deu a grana.

– Dorothy Parker

É curioso como problemas financeiros se agravam à medida que você enriquece, ou seja, quanto mais dinheiro tiver, mais problemas aparecerão. Ao comprar um produto novo, sua ansiedade pode aumentar até quatro vezes: primeiro, é preciso analisar se ele é realmente necessário; depois, é preciso escolher a marca (textos comparativos), pesar alternativas e procurá-lo. Finalmente, precisa discutir o preço e angustiar-se com as maneiras de financiar a compra. Mesmo depois de ter adquirido o produto, ficará exasperado com defeitos e necessidades de reparos que surgirão.

O interesse pelas finanças começa com o seu primeiro choro (pedindo um doce) e prossegue até o último (implorando por oxigênio). Já que todos nós temos problemas com dinheiro, direcionar a hostilidade para essa questão é uma das melhores (e menos controversas) maneiras de mostrar à plateia que você compartilha seus problemas.

O mercado financeiro torna-se cada vez mais um prato cheio para a hostilidade humorística. Mas, as piadas a respeito desse assunto, na verdade, direcionam por vezes sua ira contra autoridades e a situação econômica.

> Os problemas com o orçamento da NASA e da Previdência Social poderiam ser solucionados, se o governo começasse a mandar os idosos para o espaço.
>
> **– Al Franken**

Os alvos do humor financeiro são inúmeros: salários, impostos, investimentos, apostas, prêmios de loteria, cartões de crédito e falcatruas dos executivos.

> Meu cartão de crédito foi roubado há uns dois meses, mas não comuniquei o fato a ninguém. O cara que levou está gastando menos que minha esposa.
>
> **– Johnny Carson**

Assuntos de família: não há nada no mundo como o meu lar

Não precisa explicar, não é? Assuntos familiares são (e serão) sempre excelentes alvos para o humor. Problemas domésticos, como lavar, cozinhar e pagar contas, há séculos tornaram-se objeto da comédia.

Minha teoria sobre o trabalho doméstico é a seguinte: se a coisa não aumenta, não fede, não pega fogo nem está bloqueando a porta da geladeira, deixa quieto. Se ninguém está esquentando a cabeça, por que eu vou esquentar?

– Erma Bombeck

Deixei minha esposa porque ela pediu o divórcio. Não vou viver com ninguém sob aquele tipo de pressão. Mas ainda amo minha ex-mulher. Liguei pra ela hoje. Já fui dizendo: – Alô, Demandante...

– Skip Stephenson

Eu queria ser atriz. Falei pra minha mãe: – Quero chorar de verdade, quero demonstrar grande emoção por alguém que eu não me importo – Ela disse: – Seja uma dona de casa.

Ela sempre quis que eu me casasse toda de branco, toda virginal. Não acho que uma mulher deva se casar virgem. Antes é preciso passar por pelo menos outra experiência frustrante.

Uma amiga me contou que detestava tanto seu marido que, quando ele morreu, mandou cremá-lo, misturou as cinzas com maconha e fumou o dito cujo. Disse: – Só assim pra ele me dar algum prazer.

– Maureen Murphy

Os adolescentes e pré-adolescentes viram sempre os alvos das piadas familiares. Às vezes nem os bebês escapam (além de serem umas gracinhas, de acordo com Bill Cosby, possuem sinais de danos cerebrais). Os pais livram-se desse fardo através do humor, mesmo que não possam fazê-lo na realidade.

Ter uma família é como ter uma pista de boliche instalada na cabeça.

– Martin Mull

Mas os filhos não perdoam e dão o troco, esculachando a mamãezinha santinha dos cabelos brancos e o papaizão adorado.

Cartão do Dia das Mães: Mamãe você é uma pessoa muito boa. Pelo menos é o que os pedreiros daquela obra na esquina vivem dizendo!

As crianças são os adversários ideais para jogar Palavras Cruzadas: é mais fácil ganhar e mais divertido trapacear.

– Fran Lebowitz.

Angústia: agonia e êxtase

A angústia é a constatação de que os contos de fadas não são reais: existe um final infeliz para cada começo feliz. A angústia mexe com ansiedades tão pessoais que antigamente evitávamos discuti-las, mesmo em casa. Isso inclui medo da morte, mal-estar diante de deformidades, privações e paranoias, insegurança, narcisismo e taras sexuais.

Você já namorou alguém só por achar que o suicídio dá muito trabalho?

– Judy Tenuta

Woody Allen, que popularizou a angústia, escreveu: Sou um explorador dos miseráveis. Quando dei o titulo a meu filme de *Love and Death* (*A última noite de Boris Grushenko*, no Brasil), de cara as possibilidades comerciais apresentaram-se: piadas visuais e filme pastelão sobre o desespero e o vazio; diálogos engraçados sobre a angústia e o pavor; mortalidade, o sofrimento humano, a ansiedade. Em suma, as armadilhas habituais de um sujeito com humor.

Dizem coisas tão bonitas nos enterros que fico triste em pensar que não vou assistir ao meu.

– Garrison Keillor

Tecnologia: tomando ciência

Charlie Chaplin explorou as frustrações e os temores em relação à industrialização para fazer as pessoas rirem. É irônico que a IBM tenha chegado a usar o personagem do vagabundo numa propaganda de computadores, pois Chaplin não promovia as máquinas, ele as ridicularizava.

Os computadores operam por princípios simples, que podem ser compreendidos facilmente por qualquer pessoa com um pouco de bom senso, um bocado de imaginação e um QI de 750.

– Dave Barry.

A frustração com a nossa aparente inabilidade em controlar o meio ambiente agora é motivo de irritação universal. Produtos químicos podem poluir, remédios podem levar-nos ao suicídio e os tambores da publicidade batucam por modismos bestas. O humor pode ser nosso único caminho racional para lidar com o medo do terrorismo, de uma invasão de ectoplasmas do espaço sideral ou da mutação química do planeta.

> Perguntaram a John Glenn no que ele estava pensando minutos antes de sua nave ser lançada ao espaço. Ele disse: – Olhei à minha volta e de repente dei por mim que tudo aquilo tinha sido construído por quem dera o menor orçamento na licitação.

Diferenças entre grupos: engrupindo os outros

Zombar das crenças ou características de grupos sociais é um dos temas mais controversos do humor, pois atende a nossos instintos mais primitivos: preconceito e insegurança. Buscamos manter algum senso de superioridade, ridicularizando as características anormais dos outros. Reagimos a uma forma primitiva de terapia grupal.

> Rico tem planos de previdência, pobre joga na loteria. Nosso plano é esse. E quando a gente tirar a sorte grande, vai fazer um puxadinho em casa pra não ter que dormir mais com o vovô.
>
> **– Jeff Foxworthy**

Tememos ser controlados ou intimidados por pessoas de raças ou religiões diferentes e, então, através do menosprezo, tentamos estereotipar sua aparência física, sua etnia, seu modo de falar... ou qualquer particularidade que achamos esquisita. Sentimo-nos assim também em relação às pessoas com atitudes sociais diferentes relativas às drogas, ao sexo, ao ensino, às profissões, à música, literatura ou estado de espírito. Enquanto estivermos em maioria, o humor pode criticar à vontade.

> Certa vez peguei um táxi em Paris. O motorista fedia como um sujeito comendo queijo enquanto usava a privada do banheiro de um matadouro.
>
> **– Dennis Miller**

> Sabe como os Amish caçam? Chegam de mansinho perto de um veado e constroem um celeiro em volta dele.
>
> **– Tim Bedore**

O humor muitas vezes (sem nos darmos conta) é um grande pecado: a consciência não o evita, pelo contrário, aproveita. Antes só os brancos conservadores regurgitavam um humor étnico mais hostil; agora, todos os comediantes sentem-se livres para abusar da acidez e a plateia está cada vez mais disposta a pagar para ouvir essas coisas.

Mexicanos evitam acampar nos bosques, ainda mais durante a temporada de caça. Algum capiau poderia alegar no tribunal: – Meritíssimo, eu vi pele marrom e olhos marrons. O bicho estava com as mãos pra cima e eu confundi com chifres. Passei fogo.

– Paul Rodriguez

Está na hora dos negros e asiáticos esquecerem suas diferenças e concentrarem-se naquilo que realmente é importante: o ódio aos brancos!

– Margaret Cho

Eis como Cheech e Chong, cujo sucesso financeiro dá de mil em qualquer outra dupla de comediantes do cinema, descreveram seu tipo de humor:

Nossas piadas podem ter mais de 50 anos, mas nosso público, a garotada, não conhece porra nenhuma. Pra eles, é novidade. Se você é branco, pode ter medo das pessoas de outras raças ou dos fanáticos religiosos, mas, se você é negro, seu medo é de outras coisas, como passar fome ou não ter onde morar, por exemplo. Ao incorporar o humor das drogas e da pobreza às nossas atrações, nós o tornamos universal: os que estão por baixo contra o resto do mundo. Conhecemos o humor dos que cortam um dobrado... nós exarcerbamos os piores instintos nas pessoas, caricaturando louras burras, veados desmunhecando, mexicanos analfabetos, judeus fominhas. Somos aproveitadores sem escrúpulos.

Redd Foxx gabava-se de seu material ser "o mais ultrajante possível. É o humor que ouço nos guetos; não pegamos leve e não queremos ouvir falar de príncipes e cinderelas. E, se não curtem o meu estilo, fodam-se!" A historinha a seguir, que sempre reaparece como uma lenda urbana, ilustra como o humor étnico pode voltar-se contra a maioria.

A esposa de um renomado médico do interior resolveu ir à cidade grande fazer compras. Apreensivo com a violência, o marido disse: – Se alguém quiser levar sua bolsa ou suas joias, não resista. Faça o que mandarem. Promete?

Na primeira manhã na cidade, a mulher descia no elevador do hotel quando entrou um negão, bem vestido, trazendo na coleira um doberman. Olhou para ela por um instante e deu uma ordem para o cachorro: "Senta". A mulher não pensou duas vezes: sentou no chão do elevador.

Cada escritor tem sua própria definição quanto ao humor: segundo Shakespeare "a concisão é a alma do humor"; para Somerset Maugham "a impropriedade é a alma do humor". Mas essa alma pode ser a hostilidade. Se todos pensassem da mesma forma, o mundo seria muito menos engraçado.

É HORA DO ESPETÁCULO

Sigmund Freud descreveu a depressão como sendo a raiva voltando-se para dentro. O humor pode ser visto como a raiva visando unicamente o lucro. A hostilidade é a base do humor, então garimpar a sua própria ira é uma excelente estratégia para gerar ideias para piadas (e é mais barato que terapia).

Faça uma lista das pessoas, coisas e assuntos que lhe tiram do sério. Associe-os livremente (não se censure) e escreva a razão de ter anotado cada item dessa lista. Exagere seu estado emocional, a ponto de ficar puto com o que escreveu, e descarregue sua raiva em cheio nesse alvo. Este exercício irá concentrar o foco numa premissa específica que será o trampolim para a redação de humor (além da munição para seus *pitis*).

REALISMO: ASSIM É, SE LHE PARECE

O terceiro componente na fórmula dos TRÊS é o realismo. De acordo com o roteirista Larry Gelbart, "a maioria das boas piadas revela uma verdade amarga". Sem uma base verdadeira, haverá pouco motivo para a plateia se identificar, mas não esqueça que o humor também distorce essa verdade. O desafio é aprender a contar a verdade (sendo realista) mentindo (exagerando).

Como o exagero parece ser a antítese lógica ao realismo, pode parecer absurdo ter ambos dentro do formato de uma peça humorística. Mas o bom humor é um paradoxo que cria surpresas: a justaposição inesperada do razoável próximo ao absurdo. Pense na combinação de realismo e exagero como um exercício de raciocínio lateral, técnica normalmente usada pelos gurus dos negócios para solucionar problemas e gerar novas ideias. Podemos defini-la como uma interrupção no processo habitual de raciocínio, um salto para fora de padrões. A comédia vem fazendo isso há milhares de anos.

Sandra O´Connor, juíza do Supremo Tribunal americano, foi lanchar numa pastelaria com outro juiz. A garçonete aproximou-se para saber o seu pedido.
– O meu suco vai ser de laranja, disse Sandra.
– E o pastel? – perguntou a garçonete.
– Ah, ele também vai querer um suco de laranja.

O duplo sentido básico do humor age assim: (a) expõe um problema comum, normalmente usando um chavão, e (b) arremata com uma surpresa ou desfecho inesperado.

Se você nunca pensou em matar sua cara-metade, nunca esteve apaixonado. Se nunca pegou uma caixa de formicida e ficou parado ali, olhando para aquilo por um bom tempo, nunca esteve apaixonado.

– Chris Rock

O humor incongruente (abordado no Capítulo 2), baseia-se na premissa de duas ou mais circunstâncias realistas (mesmo que contrastantes) unidas num único pensamento. Segundo o humorista Stephen Leacock, "o humor resulta do contraste entre uma coisa tal como é (e deveria ser) e uma escangalhada (como não deveria ser)".

Se o mundo é normal, então por que as embalagens de salsichas vêm com dez unidades e as embalagens de pão para cachorro quente vêm com oito unidades?

– Robert Wohl

Dorothy Parker certa vez escreveu: "A diferença entre o engraçado e o engraçadinho é que o primeiro usa elementos reais, enquanto o segundo faz apenas malabarismo com palavras. (E assim o realismo gera as obviedades, aqueles petiscos humorísticos de filosofia baseados em fatos da vida evidentes e comumente aceitos pelas pessoas.)

Para entreter algumas pessoas, tudo que se tem a fazer é ouvi-las. Mas não tem nada mais irritante do que alguém que insiste em continuar falando, quando você o está interrompendo.

– Robert Orben

O valor do realismo torna-se mais evidente quando analisamos o humor das crianças. A sua combinação de verdade e ingenuidade simplistas faz o deleite dos adultos porque nos proporciona um sentimento de superioridade benevolente, caso realmente exista, uma ditadura benevolente.

Uma avó estava tomando conta de sua netinha de quatro anos. Ambas tinham olhos castanhos, então a vovó perguntou orgulhosamente: – Debbie, você sabe de onde vêm os seus olhos? – A criança pensou um instante e respondeu: – Sei, vovó, vêm de dentro de minha cabeça.

Para serem mais eficazes os "fatos" da piada devem ser lógicos: a relação entre as pessoas deve estar clara e ser previsível, a época e o local da história devem ser familiares, o incômodo deve ser comum a todos os membros do público e proporcional à irritação que provoca. Desviar-se muito da realidade não impede o humor, mas pode reduzir o retorno das gargalhadas. Concluindo: o humor deve ser o mais realista possível.

Ontem um padre foi preso por porte ilegal de arma. Hoje em dia, a gente fica feliz quando uma protuberância na batina é um 38.

– David Letterman

EXAGERO: A MENTIRA QUE TEM PERNA LONGA

Já começamos a discutir o exagero, o quarto elemento na fórmula dos TRÊS. Qual a relação entre realismo e exagero? Assim como aceitamos as licenças poéticas, devemos aceitar a licença humorística, dando o direito de elaborar sobre temas realistas pitadas de fantasia e uso descarado de metáforas. Se o público se identifica com uma piada, raramente dirá: "Mas você não espera que eu acredite nisso!?"

Só o humor é capaz de fazer uma plateia abdicar da descrença e do ceticismo. Estamos sempre permitindo que os humoristas utilizem as hipérboles, façam distorções descaradas e extrapolem nos estereótipos, para em seguida ouvirmos: *Ei, é só uma piada* (sendo o assunto muito absurdo, não tem como ser verdade). O público ri das estripulias dos comediantes, porque sabe que as pegadinhas a que serão submetidos serão de fácil recuperação. Afinal, é comédia! Caso não consiga se recuperar, é tragédia!

Como exemplo do *provável* próximo ao *improvável,* existe a clássica história do jornal que publicou duas fotografias com as legendas trocadas: uma era de uma matrona enrugada, que acabara de ser eleita presidente da Associação de Mulheres Republicanas, e a outra de um gorila, que tinha virado a nova atração do zoológico. Isto é *provável.* O segundo estágio do humor vem com o *improvável*: o jornal foi processado por difamação... pelo gorila, é claro!

EMOÇÃO: MEUS SENTIMENTOS

O quinto elemento da teoria dos TRÊS é a emoção. A hostilidade, mais ou menos exagerada, não é o bastante, é preciso provocar inquietação na plateia. Isto, na verdade, nada mais é do que a habilidade do redator em usar a emoção para produzir tensão e ansiedade. É um truque. Pense na hostilidade como um balão inflado: quando você cria tensão no seu público, está efetivamente acrescentando mais ar nesse balão, criando a curiosidade sobre quando ele vai estourar. Mal se pode tirar os olhos dele. A meta do redator é certificar-se de que o balão estourará com os risos, não com a entrada de mais ar.

Cada apresentador tem uma personalidade no palco, a *persona*. É possível roubar piadas de um humorista, mas é praticamente impossível apropriar-se das nuances que fazem um indivíduo ser engraçado. Uma *persona* ineficaz impede que um apresentador consiga contar a melhor piada do mundo. Segundo o humorista Larry Wilde, "na comédia existem uma melodia e uma cadência tão rigorosas e disciplinadas quanto na música".

Um grande comediante precisa ser um ator com energia ilimitada: as qualidades necessárias para isto são mais do que as que fazem dele um bom ator. Muitos comediantes tornaram-se bons atores, mas raramente ouve-se falar de um exemplo inverso. No filme *Vida de artista*, Sir Laurence Olivier fez o papel de um humorista pé-de-chinelo. O filme foi um sucesso e angariou muitos prêmios, mas, quando perguntaram para Olivier como conseguira fazer o cômico ser tão chinfrim, respondeu: "Não tentei fazê-lo ser ruim. Fiz o melhor que pude". Mesmo o melhor dos atores pode ser um desastre na comédia.

A capacidade de provocar emoções depende da atuação do apresentador, traduzindo o material do redator através da voz, do entusiasmo e de suas ações. Isso também é fruto da experiência: saber o momento de inserir uma pausa e quanto tempo mantê-la, criar ritmo através da inflexão ou de um simples gesto. É questão de pegada: pegar o jeito, de um jeito certo.

Woody Allen descobriu que "o *stand-up* é um homem engraçado apresentando um texto, e não um homem apresentando um texto engraçado. A piada não é o fundamental, mas sim a personalidade e o personagem".

PERGUNTA & RESPOSTA

COMO CRIAR EMOÇÃO?

1. A primeira (e a mais comum) técnica para construir a expectativa é também a mais simples: uma pausa antes do desfecho, conhecida em inglês como "pausa grávida" (*pregnant pause*), pois enfatiza o fecho da piada. Como na frase de Henry Youngman: "Como exemplo, vamos pegar minha esposa... alguém pegaria essa mulher?". A breve pausa, indicada aqui pelas reticências, é essencial para a leitura da piada; ela cria uma tensão que será aliviada pelo final surpreendente.

Moço, poderia ajudar a esse pobre coitado que ficou desempregado e está passando fome? Eu perdi tudo na vida... menos este revólver!

2. A segunda técnica é fazer uma pergunta para as pessoas da plateia, estimulando assim o seu envolvimento. Este era um dos recursos preferidos de Johnny Carson.

Alguém viu aquele comercial ontem na TV? Dizia que a gente pode enviar uma carta para qualquer lugar do país e a entrega é garantida no dia seguinte. O nome disso é Sedex. Eu me lembro de quando isso acontecia com toda a correspondência.

Mas que calor fez ontem, não foi? Vi um cachorro perseguindo um gato... e os dois estavam se arrastando.

Uma técnica muito utilizada por comediantes iniciantes para criar tensão é perguntar à plateia, "Quantos aqui já...?" Tornou-se um clichê, e as respostas são ainda mais divertidas.

Quantos aqui se formaram numa faculdade?
Quantos de vocês pagaram pelo diploma?

3. A terceira técnica é a dos degraus. Uma piada origina uma piada que leva a uma terceira piada. Todas elas trabalham juntas, preparando o público para um desfecho.

4. A quarta maneira de criar a tensão emocional é jogar com a plateia. É o recurso preferido dos comediantes *stand-up* atuais: o apresentador mistura-se à plateia e faz perguntas para pessoas (aparentemente) aleatórias entre os espectadores. Isso intensifica a tensão de cada presente, não só pela maneira como o humorista conseguirá se virar, independentemente da resposta obtida, mas também pelo temor de ser a próxima vítima a ser ridicularizada pelo apresentador.

Cada dramaturgo transmite um tipo de emoção a uma cena. Um redator de humor faz a mesma coisa mas, por estar trabalhando com unidades menores – uma pequena piada, por exemplo –, deve ser capaz de conseguir o máximo com o mínimo. Os redatores de humor são como trapaceiros; precisam saber o momento exato de tirar aquela carta da manga. Se sua jogada ficar muito evidente para o público, será um fracasso. Cairá feio.

SURPRESA: POR ESSA NINGUÉM ESPERAVA

O elemento final na fórmula dos TRÊS é a surpresa. No capítulo anterior, abordamos este fator como uma das principais razões para as pessoas rirem; ele é um dos tijolinhos importantes na construção de uma piada engraçada. Charlie Chaplin definiu a surpresa em um filme em que o vilão está perseguindo a heroína pela rua. Na calçada há uma casca de banana. A câmara mostra rapidamente a casca e o vilão aproximando-se. No último segundo, o malvadão avista a casca e espertamente salta sobre ela... e cai num bueiro sem tampa.

O riso instantâneo de uma plateia ao vivo é a mais honesta das emoções, por isso é fácil perceber se a surpresa funcionou. Você pode fazer um discurso fraco, uma apresentação ruim, mas ainda assim a plateia o aplaudirá educadamente. Se apresentar uma piada ruim, só receberá de volta um silêncio pesado (e isto será apenas o início dos conselhos pós-espetáculo não solicitados).

Não importa apenas ter um texto de humor bem escrito, é preciso que o comediante não deixe a plateia perceber que haverá uma surpresa. Muitos apresentadores indicam para a plateia o momento em que acontecerá uma cena/frase engraçada: lambem os lábios ou arregalam os olhos. Erguem as mãos e impedem que o público solte as gargalhadas ("Ei, escutem só!") e alertam a plateia para um desfecho genial. Mas, quando isso ocorre, não há mais surpresa, nem risos. Isto pode ter um efeito dominó: o apresentador não se sente seguro com o material, começa a enfatizar ainda mais e aí perde outras oportunidades. A plateia possui um sexto sentido sobre o *suor do fracasso*, quando o apresentador tenta mas não consegue engrenar e sua (literalmente) demais a camisa.

De acordo com Gene Perret, "comédia é instintivamente puxar o tapete de cada membro da plateia. Mas antes é preciso que eles estejam pisando nele, ou seja, você tem que enganá-los porque, se souberem o que acontecerá, sairão de cima do tapete.

Quando chegamos a uma bifurcação na floresta, pedi para que meu ajudante verificasse qual dos caminhos tinha mais marcas de pneus. Ele voltou e disse: "É o da direita". Decidi: "Então vamos pela esquerda". Ele se espantou: "Mas por que, se todo mundo foi pela direita?". Respondi: "Todo mundo e os guardas também".

É HORA DO ESPETÁCULO

Vamos ver como toda essa fórmula dos TRÊS (*alvo, hostilidade, realismo, exagero, emoção* e o final com uma *surpresa*) funciona. Identifique e interligue as partes da história abaixo a cada componente da fórmula. (Ao final da história, você poderá avaliar suas respostas.)

Um velho caminhoneiro comia em um restaurante de beira de estrada quando três delinquentes, com casacos de couro enfeitados com suásticas, caveiras e o símbolo de veneno, estacionaram suas motos e entraram, doidos para criar confusão. Começaram a provocar o caminhoneiro: tiraram seu prato de comida, empurram-no para fora da cadeira, fazendo piadinhas com a sua idade. Ele não disse nada, levantou-se do chão, pagou a conta e saiu. Um dos delinquentes, frustrado, disse para a garçonete: – Pô, esse cara é ruim de briga, né? – É... – disse a garçonete. – E é pior ainda como motorista. Acaba de dar ré em cima de três motocicletas!

A fórmula dos TRÊS funciona com a piada acima? Sim, porque o humor contém cada um dos componentes principais.

ALVO: Os delinquentes, descritos cuidadosamente.

HOSTILIDADE: A piada explora a frustração das pessoas com o aumento da delinquência juvenil.

REALISMO: Não há dúvida de que essas ações agressivas por parte de motoqueiros poderiam acontecer.

EXAGERO: Um motoqueiro já seria o suficiente, mas obtém-se um elemento de exagero colocando três motoqueiros na história. Seu comportamento tacanho poderia ser exemplificado uma única vez, mas são citadas três ações hostis. O exagero também está presente na reação final do caminhoneiro, algo que não poderia ter sido feito tão rápido.

EMOÇÃO: A piada é redigida cuidadosamente a fim de espremer cada gota de hostilidade do público: a aparência fascista estereotipada dos motoqueiros, sua agressividade infantil, visando apenas provocar uma briga com um oponente velho e em inferioridade numérica. Ficamos até desapontados quando o caminhoneiro aparenta ser – mesmo que por um instante – um covardão.

SURPRESA: O clímax da história é ocultado até as duas últimas palavras.

PARTE DOIS

Técnicas de redação de humor

CAPÍTULO 4
Jogos de palavras: vai começar a partida

> Meu dentista me colocou uma ponte. Quando vi a conta, pensei em me suicidar, pulando dela imediatamente.
>
> **– Rodney Dangerfield**

De onde vêm as piadas? Bem, eventualmente coisas engraçadas acabam acontecendo no dia a dia. Se somos extrovertidos, contaremos dramaticamente nossas experiências bizarras em versões exageradas. As pessoas irão rir e acharão que somos engraçados.

Mas os humoristas profissionais não podem ficar esperando coisas absurdas acontecerem, precisam produzir todos os dias. As duas melhores maneiras de fazer isto são recriar um material antigo ou criar humor novo a partir de ideias surgidas do noticiário local, nacional ou mundial.

Como iniciante, você não pode depender dos seus arquivos, mesmo se tiver um acervo de todos os livros de piadas já publicados. E olha que a cada ano saem dezenas deles! Raramente o material de outros humoristas servirá para você; terá que partir para o segundo método: criar a partir do zero. Comece observando o que as pessoas aprontam em público, na TV, nos filmes e leia sobre elas. Imagine situações com "*E se...*" e brinque com as palavras.

> Acabei de terminar um namoro e a última coisa que ela disse foi "Você nunca mais vai encontrar alguém como eu". Graças a Deus! Não é por isso que terminamos os namoros? Se eu não a suportava mais, por que iria querer encontrar alguém assim? Será que alguém termina um relacionamento ruim dizendo: "Ei, por acaso você tem uma irmã gêmea? "
>
> **– Larry Miller**

Vence a partida quem consegue fazer o público rir. Mais da metade de todo o humor já produzido baseia-se em jogos de palavras, que são variações sobre chavões conhecidos: ditados, títulos de livros, nomes de filmes, letras de música, citações famosas, *slogans* publicitários, enfim, qualquer expressão familiar para o público. Pode-se fazer uso de trocadilhos, homônimos ou duplo sentido. Veja um bom exemplo de variação cômica do ditado "O caminho mais rápido ao coração de um homem passa pelo estômago":

> O caminho mais rápido ao coração de um homem é por um buraco no peito.
>
> **– Roseanne Barr**

Ao contrário do humor pastelão (que é estritamente físico e, portanto, tem um apelo que transcende as fronteiras culturais e linguísticas), o sucesso da comédia baseada em jogos de palavras depende dos maneirismos, das inflexões do apresentador e do conhecimento das nuances da língua por parte do público; pois os desfechos que funcionam num idioma nem sempre são eficazes em outro.*

Essa técnica é um recurso utilizado por todos os redatores de humor, ou seja, qualquer obra humorística de sucesso terá um número significativo de jogos de palavras. Mudar o sentido das palavras constitui a base de praticamente todos os trocadilhos, trovas engraçadas e tiradas espertas. Vão desde tatibitates infantis a duplo sentidos eruditos. O rol de praticantes dos jogos de palavras inclui S. J. Perelman ("O elevador está quebrado" mas mesmo assim "Papai *Sobe* Tudo") e Tom Stoppard ("Possuo a coragem da minha falta de convicções"). Para alguns humoristas criar frases engraçadas (com jogos de palavras) é tão natural quanto amarrar os sapatos.

Um erro comum é acharmos que os jogos de palavras são um humor "demodê". Realmente, esse artifício é um clássico, mas certamente não pode ser considerado ultrapassado. Os filmes com Austin Powers (uma das franquias cômicas cinematográficas mais bem sucedidas dos últimos anos) utiliza bastante os jogos de palavras, ao dar nome a personagens como Alotta Fagina e Random Task (paródias de Pussy

---

* N.T.: que o diga o tradutor deste livro.

Galore e de Oddjob). O próprio nome do filme Goldfinger passou a ser Goldmember.*

Nos três *bestsellers* de George Carlin (um dos linguistas mais sérios da comédia) – *Excrementos mentais, Napalm & Silly Putty* e *Quando Jesus trará as costeletas* – os jogos de palavras são responsáveis por grande parte do humor. Exemplos dos jogos de Carlin incluem:

PALAVRAS DESNECESSÁRIAS
situação de emergência (ser uma emergência já bastaria)
processo de abordagem (a própria abordagem já é um processo)

EUFEMISMOS
masturbação = autoajuda
prostituição = técnicas de venda

TÍTULOS DE *BEST SELLERS* QUE VENDERIAM AINDA MAIS
Sou um merda, você é um merda
Onde esconder um catarro enorme
Nomes de bandas punk que não fazem nenhum sentido
1001 coisas idiotas que você não precisa fazer antes de morrer
Comer, beber e arrotar

A exemplo dos esportes, aqui também é preciso desenvolver algumas técnicas. Nos próximos capítulos vamos falar sobre as mais importantes técnicas dos jogos de palavras.

1. ***Duplo sentido*** é o uso de palavra ou frase ambígua, que permite uma nova interpretação, geralmente cabeluda.
2. ***Disparate*** é a grafia ou pronúncia incorreta; mau uso de palavra ou frase, de maneira não intencional; ou a substituição de uma palavra correta por uma incorreta, com resultados humorísticos. Os disparates são eficazes por permitirem que o público se sinta superior e por aceitarem a incorporação de chavões e duplos sentidos.
3. ***Oxímoro*** é a junção de duas ideias incompatíveis numa única frase. Também pode ser chamado de contradição em termos.

* N.T.: Os nomes dos personagens originais teriam o sentido de *Xoxota às Pampas* (Pussy Galore) e *Biscate* (Oddjob). Equivalentes das versões paródicas seriam *Eva Gina e Alicate*. E o sentido literal do título do filme (e do livro) de James Bond seria Dedo de Ouro, que na versão paródica de Austin Powers passa a ser *Membro de Ouro*.

4. ***Trocadilho*** normalmente é uma palavra utilizada com a finalidade de ter dois possíveis significados em uma mesma frase. Pode ser também a reformulação de uma palavra para outra com sonoridade parecida, mesmo não sendo um homônimo exato.
5. ***Reformulação*** é um processo que acrescenta uma virada ou um final surpreendente a um chavão (um texto previsível, usado em demasia), palavra, frase ou expressão de uso comum. Outras técnicas dos jogos de palavras, como trocadilhos e duplos sentidos, dependem muito das reformulações.
6. ***Ao pé da letra*** é o oposto do duplo sentido. Utiliza o sentido literal de uma palavra chave em uma frase idiomática (e será abordada no próximo capítulo).
7. ***Arremate*** é quando se declara a versão padrão de uma expressão, usando-a como trampolim para passar um comentário realista, mas altamente exagerado, geralmente com duplo sentido. (Os arremates também serão discutidos mais à frente).

OS CHAVÕES NO HUMOR

Um chavão é uma expressão que algum dia já foi interessante mas perdeu seu impacto original pelo excesso de uso; são atalhos à compreensão que pegamos quando estamos criativamente preguiçosos ou exaustos mentalmente. O chavão e as frases feitas são usados com a mesma frequência (e com a mesma falta de discernimento). São derramados à vontade nas conversas, nos e-mails, nos discursos e (infelizmente) em muitas obras literárias importantes. Mas o redator de humor pode utilizar versões surpreendentes e audaciosas de chavões para chocar o público e levá-los até o riso.

Ouvi dizer que o cão é o melhor amigo do homem. Ah, então é daí que os homens estão pegando dicas de higiene.

– Kelly Maguire

Ria e o mundo rirá com você. Chore e o mundo rirá de você.

– Caryn Leschen

Um chavão pode ser reformulado com trocadilhos ou palavras de duplo sentido, usadas simultaneamente. Na piada a seguir, o humor funciona ao colocar um antagonismo entre *barato* e *caro* ao mesmo tempo em que, ao falar de drogas, faz uso de outro significado para a palavra *barato*.

Gastei toda a minha fortuna com as drogas. Sou a comprovação real do ditado que diz: o barato sai caro.

Hoje em dia a piada curta é a forma mais vendável de humor, os chavões são ótimos recursos para um redator iniciante. Além disso, podem ser utilizados imediatamente em diversos formatos: legendas de fotos e de cartuns, cartões, manchetes jornalísticas, *slogans* publicitários, adesivos, títulos de livros, de artigos e monólogos.

Assim como a formulação de um chavão, os pensamentos do público também caminham em uma direção previsível. Normalmente os chavões servem para tirar da inércia o trem de pensamentos da plateia... só para que o humorista possa descarrilá-lo em seguida. A palavra chave aqui é *previsibilidade,* e o modo mais fácil de acabar com isso (e causar surpresa) é usar artifícios que levem o público para uma direção, que você mudará no último segundo. É um desvio em cima da hora na conclusão verbal que foi antecipada. O resultado disso é a surpresa, que produz o riso, a recompensa de todos os esforços cômicos. Como verá daqui a pouco, há inúmeras formas e fórmulas para fazer isso.

Toda noite eu ia para a cama com uma mulher estranha. A mulher era a mesma... é que ela era estranha mesmo.

– Michael Davis

No exemplo acima, o público inicialmente interpreta "estranha" como sendo uma mulher desconhecida. A surpresa vem quando o humorista revela que a intenção era usar o sentido literal de "estranha".

Quando as pessoas reclamam que há sexo demais no cinema, digo pra eles: – Prestem atenção no filme e parem de reparar no que acontece na plateia.

– Mel Helitzer

Sexo e violência no cinema (e na TV) são assuntos tão delicados que quem ouve a frase acima presume naturalmente que estamos discutindo esse exagero. A surpresa acontece quando o humorista interpreta o "sexo demais no cinema" na literalidade, como sendo "na sala de projeção".

O DUPLO SENTIDO: LEIA UMA, LEVE DUAS

Frases ou palavras de *duplo sentido* são sempre ambíguas, ou seja, permitem uma segunda interpretação, geralmente apimentada. Cerca de 40% do humor chavão usam o recurso do duplo sentido por ser o mais fácil de fazer. Considere os seguintes nomes e *slogans*:

Propaganda de loja para tenistas: Venha dar uma raquetada!
Propaganda de loja de molduras: Fui enquadrado!
Placa para mictório: Mijar é que nem criança em parquinho infantil – tem que dar uma balançada.

A lógica por trás do humor de duplo sentido está no próprio sentido dessas palavras: dois significados. A plateia pensa em um significado, mas o humorista enfia mais um.

Irving faturou uma boa grana com sua loja de roupas e resolveu comprar um cavalo de corrida. Na véspera da estreia do animal, ele chamou todos os seus amigos para admirar a beleza de exemplar que tinha na cocheira. Quando chegaram, o cavalo estava sendo atendido por um veterinário.
– Meu cavalo está doente? – perguntou Irving.
– Não está no melhor de sua saúde – disse o veterinário.
– Mas vou poder botar ele pra correr?
– É melhor botar ele pra correr logo... porque nunca vai poder participar de uma corrida.

– Myron Cohen

No exemplo acima, o sucesso da piada reside no duplo sentido da expressão *botar pra correr*. Irving quer saber se o cavalo conseguirá participar do páreo, mas o veterinário diz que ele deveria se livrar do puro-sangue.

Imaginando cenários "*E se...*" e fazendo uma ginástica mental, o redator de humor pode investir em qualquer frase de duplo sentido. À medida que novas expressões surgem, ele busca todas as oportunidades para brincar com palavras, que é a forma socialmente mais aceitável de os adultos continuarem brincando.

Dizemos que nossa empregada é uma faxineira comercial, porque ela só limpa durante os intervalos da novela.

Um aviso: os amadores cometem um erro ao acharem que, como o duplo sentido abunda, é fácil cultivá-lo. Mas é preciso alertá-los para procederem como se estivessem comprando grama para o seu quintal: se não tomar cuidado, acabará com um jardim cheio de ervas daninhas. O uso do duplo sentido incorre em outro perigo: é tão comum no humor que até mesmo a plateia mais ingênua é capaz de antecipar o final de uma piada, se for "telegrafada" pelo comediante. Se o duplo sentido não estiver bem oculto, não haverá surpresa.

Criando um duplo sentido: as palavras bissexuais

O duplo sentido mais popular é o relacionado ao ato sexual ou palavras/frases com óbvias conotações sexuais.

Ele gostava de jogar sinuca porque só assim conseguia dar umas tacadas.

O comediante estava bombando com suas piadas machistas quando de repente se tocou: "Cara, vou tomar uma mijada quando chegar em casa. Aliás, a partir de agora não vou ser o único a mijar de pé lá em casa.

MAIOR LIMPEZA

Já que muitas vezes o segundo significado de uma palavra de duplo sentido vai para o lado da sacanagem, os canais de TV/rádio examinam atentamente o roteiro humorístico. Mel Helitzer certa vez passou seis meses discutindo com um representante do departamento de classificação indicativa, da Associação Nacional de Radio e Teledifusão, tentando obter permissão para usar o *jingle* "Dois na banheira é mais divertido do que um só" para uma boneca inflável. A representante, uma jovem atraente de vinte e cinco anos (que, infelizmente, tinha um *delay* de cinco segundos embutido no cérebro) tentou vetar o *slogan*, duvidando de sua veracidade: "Você pode provar que dois na banheira é mais divertido que um só"? Helitzer olhou para ela e disse: "Sabe que você me deu uma ótima ideia?"

Nem sempre o outro significado de uma palavra (ou frase) ambígua precisa, necessariamente, ter conotações sexuais.

Um homem queria comprar um sítio, mas estava achando muito caro: o dono pedia 500 mil dólares. Na imobiliária garantiram-lhe que o preço era justo, pois afinal o terreno tinha um arboreto, um pomar e uma cascata. Quando foi visitar o local com o corretor, viu que realmente havia um arboreto e um pomar. Mas nada de aparecer a cascata. Finalmente perguntou ao corretor: – Mas não tem uma cascata? – E o corretor: – Tem. A cascata é que o sítio vale realmente 500 mil dólares.

Um humor mais sofisticado utiliza-se da ironia e do sarcasmo. Notoriamente a ironia é algo difícil de ser definido (muito embora pareça haver um acordo geral de que, apesar da letra de Alanis Morissette afirmar o contrário, chover no seu dia de casamento não é irônico)*. Para os propósitos da nossa discussão, ironia é uma declaração que pretende dizer o oposto do que está dizendo. Já o sarcasmo tem uma definição semelhante, mas geralmente tem mais "pegada", com seu ferrão armado de um ridículo escancarado. Um exemplo irônico excelente é Bob Hope, fardado de oficial, entrando na enfermaria de um hospital militar e gritando para os soldados feridos: – Por favor, não se levantem!

A ironia pode ser expressa de várias maneiras, mas geralmente é o resultado da tentativa de se extrair um significado absurdo de uma frase-padrão.

* N.T.: referência ao verso *"It's like rain on your wedding day"*, do sucesso *Ironic*.

Hillary Clinton contou que comprara uma cadela para o Bill. Disse que era a única cachorra que ela deixaria o marido chegar perto.

A LINGUAGEM OBSCENA ENTRA EM CENA

Muitos duplos sentidos engraçados são compostos de palavras que têm conotações sexuais; as possibilidades são infinitas: todas óbvias. Devido ao uso frequente, alguns que antes eram chocantes (como "pinto" ou "perereca") passaram a ser aceitáveis. Muitas vezes uma brincadeira com o duplo significado de uma palavra pode levar a um forte humor espontâneo, como aconteceu numa entrevista clássica no *The Tonight Show*.

Zsa Zsa Gabor compareceu como convidada do programa, levando no colo um de seus felinos premiados. Sentada na poltrona, de repente, virou-se para Johnny Carson e perguntou:
– Quer pegar na minha bichana?
– Claro – disse Carson, – mas primeiro livre-se da gata.

Dada a abundância de duplo sentidos com conotações sexuais, os novos redatores de humor acabam abusando, usando-os exageradamente. Um humorista profissional sabe que o problema não é encontrar os duplos sentidos, mas sim evitá-los; é um humor muito fácil. Tem público que considera as piadas de duplo sentido um humor barato, coisa de adolescente: sinal de amadorismo.

Vamos olhar a sacanagem mais de perto no capítulo onze (a sacanagem no humor, é claro!).

É HORA DO ESPETÁCULO

Como aquecimento, vamos fazer o seguinte exercício: praticar a arte do duplo sentido com a palavra *trepar*. Complete as frases e depois compare suas respostas com as do final deste capítulo.

- Comediantes trepam...
- Pintores trepam...
- Macacos trepam...
- Chuchu trepa...
- Alpinistas trepam...
- Portugueses trepam...

DISPARATES: ERRAR É UMANO

Um disparate é o uso errôneo de uma frase ou palavra, ou uma substituição acidental de uma palavra errada por uma palavra correta (e similar), com efeito humorístico. Os exemplos de linguagem distorcida só são considerados disparates cômicos se a pessoa que as emite não tenha percebido (ao menos aparentemente) o seu engano. Por mais de 30 anos, esse foi o carro-chefe do humor de George Burns e Gracie Allen e muitos personagens de seriados continuam fazendo uso dos mal-entendidos como bordões, de Archie Bunker, de *Tudo em família*, a Joey Tribbiani no *Friends*. Atualmente, as colunas sociais são boas fontes de declarações de celebridades que viraram disparates. Alguns divulgadores, quando não têm nada de positivo para dizer sobre seus clientes, inventam e modificam chavões para virarem disparates. O magnata do cinema Samuel Goldwyn era tão citado nas colunas dos jornais por seus erros gramaticais, que nos EUA disparates ficaram conhecidos como *Goldwynismos*.*

> Um contrato verbal não vale o papel em que foi escrito.
> Me inclua fora dessa.

Os técnicos de beisebol Casey Stengel e Yogi Berra foram creditados com disparates que ajudaram a consolidar sua imortalidade nos livros de piadas.

> Se a gente tivesse ganho a partida, eles teriam perdido.
>
> **– Yogi Berra**

* N.T.: Um equivalente brasileiro seria Vicente Matheus, ex-presidente do Corinthians.

Se as pessoas não quiserem vir pro estádio, ninguém poderá impedir.

– Casey Stengel

O beisebol é 90% condição mental. A outra metade é condição física.

– Yogi Berra

Aquele restaurante é tão popular que ninguém vai mais lá

– Yogi Berra

Os humoristas abençoam os políticos que facilitam seu trabalho atropelando a retórica, como fazia o ex-vice-presidente americano Dan Quayle. Seus disparates incluem:

Se não tivermos sucesso, corremos o risco de fracassarmos.

Que desperdício é perder a razão. Ou não ter razão é um desperdício. Como isso tem razão. (Disparate ao comentar o *slogan* "Não há razão para o desperdício")

Quando não é a poluição causando danos ao ambiente, são as impurezas no ar e na água que fazem isto.

A mania do presidente Bush de falar errado gerou diversos livros de disparates, conhecidos como "Bushismos". Incluem coisas como:

Raramente fazem a pergunta: nossas crianças estão aprendendo?

Eles me "insubestimaram".

Eu prometo que não me esquecerei do que foi dito aqui, muito embora eu não tenha comparecido.

Uma regra confirmada há anos na comédia é nunca fazer mais do que três piadas sobre o mesmo assunto; para alguns redatores, duas já são o suficiente. Esta regra também se aplica ao uso contínuo de uma só técnica dentro de uma mesma piada, como no exemplo a seguir. Se bem que este comercial de rádio, do Banco City National de Los Angeles, usa a técnica do disparate sete vezes e mantém o interesse do público até o seu final engraçadinho.

(TOCA O TELEFONE)
MENINA: Casa dos Smith.
PAI: Oi, filhota. Deixa eu falar com a mamãe.
MENINA: Mãe! É o papai!
MÃE: Pergunta o que ele quer, queridinha. Eu estou lavando a louça.
MENINA: O que você quer, papai? Mamãe tá lavando a poça.
PAI: Diz pra ela que já fui tratar do Banco City.
MENINA: Ele disse que foi tratar da bursite, mamãe.
MÃE: O que aconteceu?
MENINA: O que aconteceu?
PAI: Fui tirar o seguro.
MENINA: Ele ficou todo duro.
MÃE: É mesmo? Ele foi a um hospital?
MENINA: Você foi no hospital?
PAI: Não, filhinha, no Banco City National. E vou levar os documentos para mamãe assinar.
MENINA: Mãe, ele vai levar um jumento pra você ensinar.
MÃE: Jumento? Que história é essa?
PAI: O seguro do City National é ótimo. Estou com uma apólice que cobre até terremoto.
MENINA: Ele tá com uma polícia que corre até de moto.
MÃE: Polícia? Mas o que meu marido aprontou dessa vez, hein?
MENINA: O que você aprontou dessa vez, papai?
LOCUTOR: Venha conversar com um corretor de seguros do Banco City National. Antes que você fique duro comprando um jumento das mãos de um policial correndo de moto.
MENINA: É terremoto, seu bobo!

Observe que os disparates proporcionam ao público uma chance de ridicularizar a confusão das pessoas com a sua própria língua, reforçando seu sentimento de superioridade. Como vocês se lembram, a sensação de superioridade é um dos principais motivadores do riso.

OXÍMOROS: CONVIVÊNCIA ENTRE OS OPOSTOS

Outra categoria de expressões incongruentes tem o nome sofisticado de oxímoros. Trata-se de uma contradição entre termos, uma verdadeira mina de ouro para um material humorístico, especialmente nas frases de cartões e estampas de camisetas. Considerem os exemplos abaixo:

- Sem querer querendo
- Pequena multidão
- Estimativa exata
- Crescimento negativo
- Luz negra
- Gravado ao vivo
- Falsificação autêntica
- Ilustre desconhecido
- Silêncio eloquente
- Doido manso
- Consegui o impossível
- Mentiras sinceras
- Sexo seguro
- Televisão educativa

É HORA DO ESPETÁCULO

As palavras são o instrumento dos humoristas e o domínio das sutilezas da língua é um passo necessário para tornar-se um redator de humor bem sucedido. Use os exercícios a seguir para treinar seus jogos de palavras.

- Procure no dicionário dez palavras para as quais não conhece o significado. Não leia as definições! Escreva cada palavra numa ficha e no verso crie uma definição lógica, porém espirituosa.
- Procure na internet por chavões, provérbios ou frases de uso comum que tenham relação com os alvos humorísticos que você identificou no exercício do capítulo anterior. Crie uma lista com dez desses itens. Utilizando as técnicas descritas neste capítulo, transforme os chavões, provérbios ou frases em piadas, alterando o final original ou acrescentando palavras à frase.

A redação do humor começa com uma plateia composta por uma só pessoa. Se seu objetivo é escrever humor de sucesso comercial, precisa aumentar o seu público. Para começar a testar seus textos, use o *e-mail* como vitrine. Muitas pessoas finalizam suas mensagens com assinaturas que podem conter seus dados para contato, uma citação ou um "pensamento do dia". Ao invés de depender das palavras de outros, você pode incrementar suas mensagens de *e-mail* usando os resultados do exercício acima.

- Usando a sua definição inventada para uma "palavra do dia"
- Atribuindo os seus chavões alterados a uma celebridade e publicando-os como uma "citação do dia"
- Reformulando citações famosas, creditando-as a outros autores. Por exemplo, transforme a famosa frase de Freud "Ás vezes um charuto é apenas um charuto" para "Às vezes um charuto é mais do que um charuto" e atribua a Bill Clinton
- Crie uma série de nomes fictícios (como p. ex., Ibrahim Sano, Anita Prozac) e utilize-os como os autores de seus chavões, definições ou citações.

"TROCADALHOS" DO "CARILHO"

O trocadilho é criado pela confusão intencional entre palavras ou frases que tenham sons semelhantes. Não há muita distinção entre trocadilhos, duplos sentidos ou homônimos; todos podem ser usados como base para piadas ou na reformulação de expressões ou chavões. Os trocadilhos funcionam melhor quando falamos (ou ouvimos) do que quando escrevemos; o ouvido transmite à mente a interpretação mais familiar de cada palavra.

Essa é uma mulher que se disputa.

As enzimas se reproduzem ficando uma enzima da outra.

Queria tanto amá-la! Mas não posso, porque a esqueci na rodoviária.

Os trocadilhos são muito versáteis e podem ser usados em diversos formatos. Podem aparecer, por exemplo, na forma de charadas.

Um decorador estava muito abatido. Do que ele sofria?
Decoração.

Qual a diferença entre o lago e a padaria?
No lago tem sapinho e na padaria tem sapão.

Como se chama um cigarro de maconha feito com um pedaço de jornal?
Baseado em fatos reais.

Uma forma popular de trocadilhos são as brincadeiras em torno dos nomes de pessoas famosas.

Nunca morei nos Estados Unidos, mas a Marylin Monroe.

Todo mundo morre uma vez, mas a Alanis Morrissette.

O Ringo Starr?
Não. Ele estava Lennon, mas foi por o McCartney no correio.

Observe como, na maioria dos trocadilhos acima, eles se baseiam em quase-homônimos, palavras reformuladas que soam muito parecidas com as originais, mas que não são *exatamente* homônimas. Outros trocadilhos são baseados no fato de que palavras próximas podem passar o significado de outras, como nesta versão de uma piada clássica:

Quando viu um sujeito de fora se aproximando da roda de amigos no bar, o mais saidinho deles virou-se para os outros e disse:
– Quer ver como eu sacaneio esse sujeito?
E chamou o novato: – Rapaz, me ajuda aqui a tirar uma dúvida. Um velho pescador saiu para pescar no seu velho barco, junto com seu velho companheiro, o cachorrinho Nabunda. No meio da pescaria veio uma forte tempestade e o barco começou a afundar. O pescador teve que pular no seu bote minúsculo e enfrentar as enormes ondas na chuva forte que caía. Quando ia se afastando do barco que afundava, viu que tinha esquecido de pegar Nabunda. Adorava o cachorro, mas, se voltasse, corria o risco de as ondas virarem seu barquinho. Então... se você fosse o pescador... levava Nabunda ou deixava Nabunda?
A turma caiu na gargalhada, mas o sujeito respondeu de bate-pronto: – Eu botava Nabunda atrás e deixava no seco.

Os trocadilhos podem ser usados para criar "definições malucas".

- Cataplasma: um vampiro num banco de sangue
- Comandando: duas pessoas dividindo o poder de decisão.
- Competição: a disputa preferida dos advogados.
- Consequência: qualquer filme de sucesso feito em Hollywood.
- Conta-gotas: um obsessivo com insônia.
- Craque: por algum tempo te dá alegrias, mas depois vira uma droga.

Alguns trocadilhos podem parecer óbvios, agora que já são conhecidos, mas não devem ter sido fáceis de criar a partir do zero. Diz-se dos comediantes de segunda linha que eles conhecem uma boa piada só de roubar. Mas, se você praticar bastante, a procura por palavras que possam formar duplo sentido ou que tenham homônimos acabará sendo instintiva.

Por exemplo, experimente reformular palavras usando homônimos de um mesmo grupo de nomes (como os de animais que vivem na água). Em seguida, use seus trocadilhos para criar chavões reformulados ou piadas novas. (Aquele arpoador era o maior fofoqueiro. Vivia interessado na vida baleia.) Ou então vá emendando um trocadilho no outro numa frase só: Minha amiga tem um namorado, um rapaz dourado, e quando eu tentei robalo rolou a maior truta.

É HORA DO ESPETÁCULO

Muitas revistas, jornais e *sites* promovem concursos em que os leitores podem enviar seus jogos de palavras.

Todos os anos, o jornal *Washington Post* promove um concurso de novas palavras. Os leitores podem enviar suas sugestões de novas palavras criadas com a alteração, o acréscimo ou a retirada de uma única letra das palavras publicadas. Além disto, precisam criar uma definição para elas. Experimente fazer isto com estas palavras. (As nossas tentativas serão publicadas ao final deste capítulo).

- Mirante
- Borboleta
- Ignorante
- Alucinado
- Porca
- Bola de gude

REFORMULAÇÃO: MUDANDO AS COISAS DE LUGAR

Reformulação é o processo de alterar palavras, expressões, frases ou chavões para chegar em outras que alterem espertamente seu ponto de vista; uma técnica valiosa de jogo de palavras. Existem várias maneiras de reformular uma expressão ou uma frase feita.

1. TRANSPONDO PALAVRAS – A primeira maneira de reformular uma frase ou um chavão é mudar a ordem para criar um novo pensa mento. O crítico de teatro Walter Winchell fez isso numa crítica de peça: – Quem sou eu para atirar o elenco numa primeira pedra? – E tem a clássica piada de maconheiro: – Não tô tão pensa quanto você chapado.

2. TROCANDO LETRAS NUMA PALAVRA-CHAVE – O segundo tipo de reformulação, o mais frequente, substitui uma ou duas letras numa palavra-chave de uma expressão, a fim de obter uma mudança surpreendente.

> Não vou cortar meu nariz só por causa de minha graça.
>
> **– Golda Meir***

3. USANDO UM HOMÔNIMO – A terceira maneira de reformular um chavão é usar um homônimo, uma palavra que soe de maneira parecida, mas com uma interpretação possivelmente diferente. Essa reformulação geralmente cria trocadilhos ou duplos sentidos, como nesses nomes de restaurantes: *Churrascaria Ex-Touro, Bar Doce Bar* e *As Távolas de Esopo.*

> Aquele filme é tão ruim que ao final da sessão deveriam exibir os débitos.

Homônimos e chavões rachados: botando pra quebrar

Homônimos, no seu sentido estrito, são palavras escritas e pronunciadas de forma semelhante, mas que possuem significados di-

* N.T.: Na tradução, a reformulação seria em cima do sentido de "Não vou cortar meu nariz só por causa de minha raça". No original, "I will not cut off my nose to spite my race" é uma reformulação da expressão "I will not cut off my nose to spite my face".

ferentes. Contudo, homófonos (palavras de pronúncia semelhante e escrita diferente) e homógrafos (palavras com a mesma grafia, mas significado ou pronúncia diferentes) geralmente também são considerados homônimos.

Os homônimos são muito comuns em anúncios impressos, camisetas, placas e nomes de estabelecimentos. Algumas mancadas de jornais - conhecidas como erros de digitação - formam trocadilhos espirituosos.

Nosso jornal publicou na semana passada que o Sr. Herman Jones é um relegado na força policial de nossa cidade. Houve um erro tipográfico. Sr. Jones, é claro, é um delegado na farsa policial de nossa cidade.

– The Ootlewah Times

Outro processo comum de reformulação usando homônimos é a *divisória*. Consiste em separar (ou rachar) uma palavra em duas para obter um significado duplo surpreendente.

Uma senhora de 86 anos estava sendo entrevistada por um apresentador na TV. – Você está maravilhosa – ele disse.
– Sim – disse a idosa. – Nunca fiquei doente na minha vida,
O apresentador ficou impressionado. – Você nunca ficou na cama?
A velhinha disse: – Ah, muitas vezes. Teve dia em que eu ia três vezes pra cama.

As reformulações divisórias lidam muito com a adição, subtração ou separação de prefixos (tais como *sub, in, pré, a, des* e *ex*) do restante de uma palavra.

Ateu é alguém que não tem meios invisíveis de se sustentar.

O programa infantil era tão ruim que só passava desenhos desanimados.

Outra categoria de reformulação divisória envolve a separação de uma palavra em duas.

Ela não é mulher que se disputa.

O ataque do time adversário estava dando um calor na defesa do time local e por pouco não tinha marcado vários gols. O repórter de campo chegou para o técnico e cobrou: – Mas o senhor não vai fazer nada? A sua defesa pifou! – Mas o técnico estava calmo: "Não se preocupe. Vou acionar o *backup*." E virou-se para um beque parrudão: "Up, vai lá e recompõe a zaga".

É HORA DO ESPETÁCULO

Pense num dos alvos humorísticos que você identificou no capítulo três e anote algumas palavras que tenham relação com aquele assunto. Escolha uma delas e escreva o máximo de palavras que lhe soem parecidas. Em seguida, escreva uma piada baseada nessas semelhanças sonoras.

Por exemplo, a palavra puta se parece com fruta, chuta, puxa, e luta. Fica fácil então pensar em piadas como:

– Vamos sair para comer umas frutas?
– O que é isso? Se minha esposa souber, me mata.

Então, muito bem. Quantos homônimos sonoros você consegue extrair das seguintes palavras? Se não conseguir pelo menos um para cada palavra, pense em ser contador, médico...

- Rouco
- Poda
- Cama
- Grana
- Saída
- Fricote
- Gracejo
- Pipoca
- Tarado
- Tráfico
- Malhado
- Edifício
- Zelo
- Dança
- Capacete
- Bumba

Selecione alguns desses homônimos e tente fazer uma frase ou piada engraçada com cada uma.

AINDA ENCONTRO A REFÓRMULA DO AMOR

Como a diferença sonora em homônimos reformulados é muito sutil, alguns trocadilhos e versões de frases-feitas funcionam melhor no papel. É por isto que são tão populares em para-choques de caminhão. Ditas ao vivo, podem confundir, ao invés de divertir.

Cuidado! Lambada.
Artista derrapante.
Patada proibida.
Espaço para manobra de cagões.
Em casa, Maria Reza. Na estrada, Mercedes Benze.
Se o Bach é bom o Chopin é Brahms.
20 buscar 100 demora 60 aqui e vamos embora.

CRIANDO UM CHAVÃO OU UMA EXPRESSÃO REFORMULADA

No verão de 1985, dois tenistas célebres - Ivan Lendl e Hana Mandikova - ambos da Tchecoslováquia, venceram os torneios U.S. Open masculino e feminino, respectivamente. O fato de serem tchecos fez a festa dos homônimos para redatores de manchetes, legendas, cartuns e artigos.

Imagine que você seja um editor de jornal ou de revista e tem uma fotografia dos dois vencedores, cada um segurando uma taça e um cheque com o prêmio. Sua tarefa é bolar uma legenda ou manchete a respeito. A escolha evidente é pelo jogo de palavras.

Por exemplo, escreva todos os homônimos que você consiga associar com o som das palavras *tcheco* e *tcheca.* Alguns exemplos:

- Checo
- Checa
- Cheque
- Xereca
- Eco
- Teco
- Treco

Veja quantas brincadeiras pode-se fazer apenas com o significado de *cheque: tcheco polpudo, tcheco sem fundos, tcheco voador, tcheco depositado, tcheco ao portador, tcheco endossado, tcheco devolvido, tcheco borrachudo, tcheco cruzado.* Além disto, há o homônimo *xeque* que pode utilizar os sentidos de *xeque-mate.* Sem falar no que pode ser colocado em *xeque.*

Há também todos os jogos de palavras que valem a pena *checar,* tanto no sentido de conferir quanto no de estabelecer comparações. O próprio *cheque* pode ter também o sentido do verbo *checar,* assim com outras palavras homônimas. E, se a publicação permitir um humor mais pesado, há até a possibilidade de se colocar a ênfase na *xereca.*

Quantas legendas diferentes você conseguiria criar? É preciso determinar também quais delas combinariam com a imagem específica em mãos. Somente depois de examinar todas essas possibilidades e sincronizá-las com a foto, você conseguirá escolher o texto definitivo.

Parece muito trabalho para apenas uma legenda. E é. Mas em breve o seu computador mental terá um arquivo com todas as possibilidades diferentes e você conseguirá acessá-las imediatamente.

Esses passos todos realmente tornam-se automáticos? Tomaremos como exemplo um tenista: pense em todos os movimentos que precisa fazer ao rebater uma bola. Enquanto ela se aproxima, ele decide se vai se movimentar na diagonal ou num outro ângulo, para frente ou para trás, para a esquerda ou para a direita. Ao mesmo tempo, leva a raquete para trás, planta os pés adequadamente no solo, ao mesmo tempo em que mantém os dois olhos sobre a bola, calculando sua velocidade e sua curva. Aí precisa tomar decisões quanto à sua rebatida: a velocidade de sua raquete para bloquear, bater de leve ou dar uma porrada na bola. Com sua visão periférica, determina onde está o adversário e adivinha para que lado ele irá. Um "ás" do tênis faz tudo isso, e mais, em menos de um segundo, enquanto a bola viaja a mais de 100 km/h... e a cada rebatida. Se esse tipo de coisa pode tornar-se automático, a criação de jogos de palavras também pode.

Comparado com um tenista profissional, você tem muito mais tempo para percorrer seu repertório de homônimos e duplos sentidos. Da segunda vez que fizer esse exercício, o resultado será melhor e o processo mais fácil. Quando o tiver feito por cinco mil vezes, será mais fácil ainda.

Vamos tentar novamente. Agora você é um redator publicitário criando um anúncio que incentive o público a fazer um financiamento no seu banco. Vamos percorrer, mais uma vez, os passos principais.

PRIMEIRO PASSO: Localize a palavra ou frase importante que gostaria de reformular. Neste caso, concentre-se na palavra *financiamento.* Em seguida escreva uma lista de palavras que façam rima ou soem semelhantes a *financiamento*. Por enquanto preocupe-se mais com a quantidade.

SEGUNDO PASSO: Agora escolha as palavras de sua lista que possibilitem jogos de duplo sentido. Você poderia escolher, por exemplo, *distanciamento, fingimento, indiciamento, agenciamento, policiamento, beneficiamento, licenciamento, aliciamento* e *gerenciamento.*

TERCEIRO PASSO: Agora, comece a eliminar. *Indiciamento* e *policiamento* têm conotações criminosas. *Aliciamento* não fica bem para um banco; como também *fingimento.* O que mais se identifica com um banco é *gerenciamento. Beneficiamento* pode ser a melhor palavra, mas *distanciamento* também pode ser usado no sentido de distanciar-se dos problemas.

QUARTO PASSO: Crie jogos de palavras com *beneficiamento*, *gerenciamento* e *distanciamento* e tente reformular essas palavras, alterando a sua grafia. O humor permite tomar liberdades com a gramática ou mesmo com a lógica, de modo que podemos mesmo apelar para:

Quer uma proposta concreta? Vamos *gerenciamentar* nossas relações.
Venha tirar um *beneficiamento* no nosso banco.
Nosso empréstimo permite um *distanciamento* de seus problemas.

QUINTO PASSO: Com outra reformulação, podemos criar um personagem: um especialista em *gerenciamento.* O gerente que aumenta a sua renda. Agora você tem um *slogan* que convida à ação:

Crédito Imediato!
Consulte o nosso especialista em *gerenciaumento*!

A fim de apreciar as inúmeras variações possíveis a partir de homônimos, vamos fazer alguns jogos de palavras com o título do célebre balé de Stravinsky, *A sagração da primavera.* Bem, o primeiro substantivo pode ser ouvido como, *sacação, consagração* e *a sacra ação.* O segundo como *prima vera* e *rima à vera.* Cada grafia contribui para uma variedade de possibilidades humorísticas, como esses exemplos de legendas:

Sobre fotografia de celebridade cujo nome é Vera: Consagração da linda Vera
Sobre modelos trajando os lançamentos da estação: A saudação da primavera
Sobre imagem de jovens dançando: O famoso balé "Azaração dá em paquera"

A palavra *primavera* possui grande número de rimas que contribuem para jogos de palavras, entre as quais:

Atmosfera
Batisfera
Cratera
Esfera
Espera
Galera
Hera
Manera
Megera
Mesosfera
Pantera
Pudera
Quimera
Tapera
Venera

Assim, uma matéria sobre a limpeza do ar que respiramos poderia ter o titulo: *A salvação da atmosfera.*

Só nesses parágrafos temos seis versões para a palavra *sagração* e vinte versões para a palavra *primavera.* Sem precisarmos pensar mais, já temos 120 variações possíveis sobre um título de balé. Mas vamos abrir também o dicionário de rimas para explorarmos algumas variantes de *sagração:*

Aparição
Condição
Corrupção
Ebulição
Elevação
Extração
Formação
Inovação
Instalação
Operação
Perdição
Rasgação
Redenção
Vibração

As opções para *sagração* passaram de seis para vinte; e, com as outras vinte em cima de *primavera*, quantas permutações poderíamos fazer combinando essas 40 palavras, partindo de um único título de balé? É claro que apenas um punhado dessas permutações poderia ser usado, mas nunca se sabe quando surgirão oportunidades estrambólicas. E se um dia você for cobrir a chegada de uma batisfera às instalações de pesquisa de sua cidade? O título já estará pronto: *A instalação da batisfera*.

UM GABARITO DE GABARITO

Eis algumas respostas possíveis para os exercícios colocados na página 74.

Comedientes trepam no palco.

Pintores trepam na escada.

Macacos trepam no galho.

Chuchu trepa na cerca.

Alpinistas trepam nas montanhas.

Portugueses trepam nos tamancos.

Eis as novas definições que criamos para o exercício baseado num concurso do *Washington Post*, publicado na página 80. Confira lá as palavras originais.

Pirante: local de onde se vê uma vista enlouquecedora.

Boboleta: um inseto idiota.

Ignorantes: pessoas que são tapadas antes mesmo de nascer.

Aluacinado: pessoa que sofre delírios sob o efeito da lua.

Porca: baleia assassina que vive na sujeira.

Bola de grude: jogo infantil disputado com bolas de vidro cobertas de cola

CAPÍTULO 5
Mais jogos de palavras: o arremate e ao pé da letra

> Entornei um removedor de manchas em cima do meu dálmata e ele sumiu.
>
> **– Steven Wright**

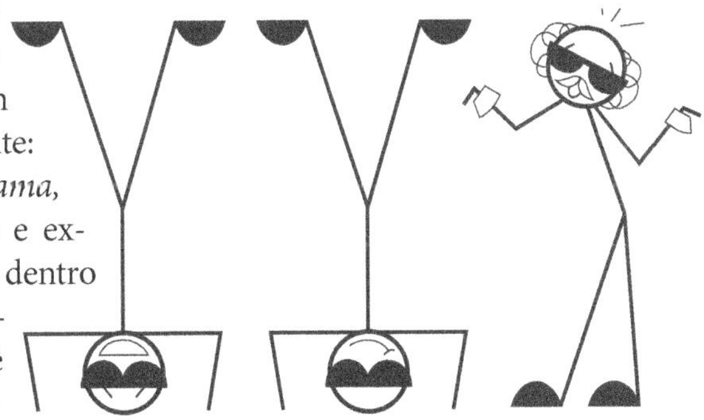

Muitas frases, expressões e chavões são idiomáticos, o que significa que não podem ser interpretados literalmente: *Levantei do lado errado da cama, virei casaca...* Outras frases e expressões são compreendidas dentro de um contexto de presunções lógicas. Quando você diz para alguém que vai cortar o cabelo, pela lógica eles presumem que você se refere a cabelo no sentido plural e não singular.

> Netinho: Vovô, adoro passar a mão nos seus cabelos. Em todos os dois.

Usar expressões ao pé da letra é uma técnica para criar humor que se apoia nas implicações do sentido *literal* dessas expressões, sem o contexto das presunções lógicas. O interessante é que a própria expressão *ao pé da letra* não pode ser tomada ao pé da letra. Ao assumir o sentido literal de uma palavra-chave, você surpreende o público, que automaticamente interpretou pelo seu sentido tradicional. *Tomar ao pé da letra* torna a lógica ilógica. Alguns humoristas chamam isto da fórmula do "pede um táxi". Outros de "me chama um médico". ("Pede um táxi." "Eu posso até pedir, mas quem vai me dar um táxi?" "Me chama um médico." "Você está doente?" "Não, sempre quis ser chamado de médico.")

> Estou tentando recuperar meu peso original: 3 kg e 700g.
>
> **– Cheryl Vendetti**

Comprei calcinhas novas ontem. As calcinhas eram pequenas mesmo: as pernas batiam na minha canela.

– Emo Philips

Quando me disseram que eu teria que servir ao Exército, não imaginei que seria exatamente isso: passei um ano trabalhando no bandejão.

– Spike Milligan

O arremate é a mais tradicional das técnicas do humor. Como as piadas ao pé da letra, ele começa com uma expressão ou chavão comum. Mas prossegue com um comentário irreverente, geralmente contendo um duplo sentido.

Meu lema é "viva e deixe viver". Quem não aceita isso deveria ser executado.

– George Carlin

Se o importante é a beleza interior, por que ninguém faz o cabelo numa biblioteca?

– Lily Tomlin

Meus pensamentos viajam. Pena que eles sejam duros e não possam viajar para longe.

– Bob Thaves.

Vamos examinar a lógica e a construção por trás destas duas técnicas.

E LETRA TEM PÉ?

A construção de uma piada ao pé da letra depende de uma compreensão quase infantil. Uma das maneiras de analisar essa técnica é pensar como uma criança.

Vovó Elden estava tomando conta da netinha de quatro anos, mas a cada cinco minutos Adrienne inventava um pedido novo para não ter que dormir. A vovó perdeu a calma e falou para a netinha: – Adrienne, se você disser meu nome mais uma vez vou ficar com muita raiva – Cinco minutos depois Adrienne voltou a falar calmamente: – Prezada Senhora, poderia me buscar um copo d'água?

Outra maneira de confeccionar algo ao pé da letra é através de charadas infantis.

– Aposto que consigo dizer as capitais de todos os países da Europa em menos de trinta segundos.
– Impossível. Topo a aposta. Vamos lá!
– As capitais de todos os países da Europa em menos de trinta segundos. Pronto, falei. Você perdeu!

A inocência das crianças é uma escada para o humor literal.

Uma menina de seis anos perguntou à mãe: – Mamãe, me diz a verdade: de onde eu vim ? A mãe muito confusa pensou: Será que já vou ter que explicar os detalhes da reprodução sexual para uma menina dessa idade? Então quis saber: – Vem cá, Debbie, por que está perguntando isso? – É que o filho do vizinho disse que veio de Detroit. Quero saber de onde eu vim.

À medida que amadurecemos como comediantes, técnicas ao pé da letra permitem toda uma série de fórmulas de piadas.

Entrei numa livraria e perguntei à vendedora onde ficava a seção de autoajuda. Ela disse que, se me contasse, a seção perderia todo o sentido.

– Dennis Miller

É uma pena que os analfabetos não consigam curtir a sopa de letrinhas.

– John Mendoza

Construções ao pé da letra: indo pé ante pé

A princípio, a mecânica de piadas ao pé da letra parece fácil de entender e de estruturar, mas aí é que mora o perigo. Para criar algo desse tipo, reexamine cada palavra principal de uma frase, rejeite seu significado mais comum dentro do seu contexto e reinterprete-o literalmente. Isso não é uma tarefa fácil.

Dormi como uma pedra ontem. Acordei num buraco no chão.

– Tommy Cooper

O problema do meu casamento é que não consigo me acertar com meu marido. Mas agora estou treinando tiro ao alvo.

– Sheila Kay

Por serem as piadas ao pé da letra tão juvenis, frequentemente são desmerecidas, como comentários de pessoas metidas. (Essa própria expressão, ao pé da letra, já dá o que pensar.)

– O que diz de um Martini?
– Depende do que ele disse de mim.

Vamos dar uma espiada debaixo das cobertas da comédia para vermos como funciona algo ao pé da letra. Lembre-se de que o objetivo é criar um elemento surpresa.

Gosto de mulher com a cabeça no lugar. Acima do pescoço.

Redatores de comédia não são filósofos. Quando trabalhamos ao pé da letra, somos especialistas em linguística voltados para o que transmite a lógica literal de uma palavra. Tente não se restringir à ideia original, visualize frases e chavões comuns e vá além da sua interpretação habitual. Uma vez que faça sentido, você pode bolar uma variedade de piadas relacionadas com eles.

Gosto da minha mulher porque ela tem cabeça. Bem, é claro que ela também tem um corpo.

– Steve Martin

Vamos analisar a construção de uma piada ao pé da letra, examinando as possibilidades de duplo sentido da palavra *juntar.* Em sua forma transitiva direta, tem o sentido de reunir coisas que estão dispersas ou separadas; em sua forma transitiva indireta tem o sentido de aderir, tornar-se um membro, fazer parte de um grupo. Ao escrever a piada, a escolha do sentido é sua.

Se alguém lhe diz "Junte-se a nós", pode estar convocando você para aderir ao seu movimento ou apenas chamando para fazerem um programa juntos. Mas, se basear sua resposta no outro sentido da palavra, poderá responder em forma de piada: "Eu não. Não gosto de ficar *colado* em ninguém.

É como aquela piada:

– Detesto esses motoristas que andam colados na minha traseira. E o que é pior: usam *superbonder*!

E se outra pessoa convidar: "Me acompanha numa xícara de café"? A incongruência desta frase dará a você abertura para responder: "Sim. Qual é o tom"?

Os exemplos a seguir brincam com os diversos significados de palavras, no caso *economia* e *chocar*.

Não sei por que eu não conseguia passar no curso de economia. Eu tirava sempre as notas mais baixas. Quer mais economia do que isso?

Tenho um amigo que leva horas para tomar um copo de cerveja. Parece uma galinha chocando um ovo. E depois ele reclama que a cerveja está choca!

Piadas elementares assim sempre provocarão uma reação: o riso ou (o mais provável) um chute na bunda. De qualquer maneira, lembre-se de que uma das recompensas do humor é a atenção e a admiração das pessoas pela sua coragem (talvez).

Piadas ao pé da letra podem ser eficazes também em apresentações ao vivo. Em vários filmes de Mel Brooks, como no musical da Broadway *Primavera para Hitler*, o herói e seus discípulos perguntam à heroína: "Como é que chegamos lá"? E a bela anfitriã responde: "Mexendo as pernas". Quando ela começa a rebolar pelo cenário, os homens tentam imitar o seu andar de mulher gostosa.*

Numa construção básica de piada ao pé da letra, a primeira parte da frase ou do parágrafo é o chavão. A próxima (o desfecho) é uma interpretação inesperada, por ser realisticamente literal.

– Tenho que lhe contar uma coisa. Seu marido anda muito mal.
– Mas, doutor, ele sempre teve este problema na perna.

– Larry Wilde

* N.T.: No original a resposta é a célebre frase "Walk this way", que pode ser "ande por aqui" ou "ande desse jeito".

E o patrão disse para o empregado: Eu gostaria de lhe dar uma gratificação, mas o seu emprego é uma tarefa ingrata.

– Frank Modell

Comprei um carro importado. Liguei o rádio... mas eu não consegui entender em que língua eles falavam.

– Rodney Dangerfield.

Com a prática, seu ouvido encontrará inúmeras oportunidades de fazer esse tipo de humor.

ESPOSA: Você nunca olha pra mim!
MARIDO: Olho sim. E, quando te vejo, saio correndo!

PRESIDENTE DA SINAGOGA: Lefkowitz acaba de perder sua carteira com seiscentos dólares. Se alguém encontrá-la, Lefkowitz diz que dará uma recompensa de cinquenta dólares.
UMA VOZ AO FUNDO: Pago setenta e cinco!

– Sr. Juiz, a associação de magistrados pergunta se o senhor estaria disposto a contribuir com dez dólares para o enterro de um advogado.
– Toma aqui cem. Enterra uns dez deles.

O ator Edmund Kean, em seu leito de morte, disse: "Morrer é fácil. Comédia é difícil.". Utilizando o mesmo raciocínio: ler sobre a construção de piadas é fácil, mas criar material humorístico original usando estes métodos, não. É preciso encontrar a construção perfeita e isso é muito difícil.

A ordenação apropriada para uma piada ao pé da letra é essencial. Muitas vezes a ordem das palavras altera o resultado final da piada.

Comprei aqueles *sprays* que acabam com o cheiro. No primeiro cheiro, eles acabaram.

– Howie Mandel

George Carlin, que utilizava muitas piadas ao pé da letra em seus monólogos, examinava cuidadosamente as palavras em busca de variações incongruentes.

Se o poema é em versos livres, como vai prender minha atenção?

Às vezes dizem que o vento está calmo. Ora, se o ar está calmo, como se transforma em ventania?

Quando eu piso no freio, sua vida está em meus pés.

Placebos causam efeitos colaterais? Se causam, os danos devem ser imaginários, não é?

Por que criam salas de espera se o que as pessoas menos querem é esperar?

As estatísticas e as pesquisas são fontes excelentes para material humorístico ao pé da letra.

Se um só golfinho tem dois mil filhotes, imagine quantos teria se encontrasse um parceiro?

Piada velha:

A cada seis segundos uma mulher dá a luz nos EUA. Precisamos encontrar essa mulher e passar para ela uns folhetos sobre controle de natalidade.

Piada velha, versões novas:

FILHA AO TELEFONE: Mãe, você não vai acreditar! Nasceram trigêmeos! Você sabia que apenas uma de três milhões de fecundações resultam em trigêmeos?
MÃE: Deus do céu, Linea, como é que você acha tempo para arrumar a casa?

PROFESSOR: A cada quinze minutos, neste país, um estudante pega uma doença venérea.
ALUNO: Acho que sei quem é.

APERTEM OS SUCINTOS!

Em muitos gêneros literários as firulas enriquecem o texto, mas, ao escrever humor, quanto menor a quantidade delas melhor. Uma piada não é uma crônica; é um conto com o mínimo de palavras possível (muitas vezes de uma única frase).

Os profissionais reescrevem piadas constantemente, a fim de remover palavras desnecessárias, especialmente no seu desfecho. A piada a seguir, de Mitch Hedberg, ilustra tal encolhimento de alto impacto:

Nunca me chamaram para uma passeata. Nunca tive cartaz.

Os redatores iniciantes, por outro lado, tendem a rechear suas piadas com palavras desnecessárias. Por exemplo, ele poderia escrever a mesma piada das seguintes formas:

Nunca me chamaram para uma passeata e por causa disso nunca me deram cartaz.

Nunca me chamaram para uma passeata e por isso nunca tive a oportunidade de mostrar como eu tenho cartaz.

Eu queria ter cartaz junto aos meus amigos, mas como nunca me chamaram para uma passeata nunca cheguei a ter um.

Cada uma dessas versões alternativas passa a mesma ideia, mas o impacto do jogo de palavras se perde no excesso delas. Colocar palavras demais num desfecho é o equivalente a colocar açúcar demais no glacê: pode estragar o bolo todo.

Sua meta é evitar palavras extras e chegar o quanto antes à piada. Brent Forrester chamou isto de *Princípio do humor e da duração*, onde estipula que, quanto menos tempo levar para se chegar à piada, mais engraçada ela será. Ornamentar uma piada ou um desfecho dilui a graça.

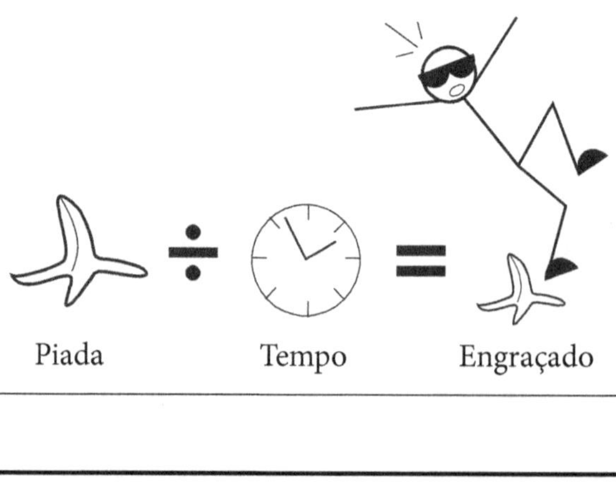

Emendas inconstitucionais

Um bom humorista não solta uma piada isolada para em seguida testar a paciência do público, elaborando um novo cenário. Quando se consegue pôr a plateia "surfando numa onda" de gargalhadas é melhor manter o pique com piadas emendadas: uma série de três ou quatro desfechos, cada um relacionado ao anterior.

Uma garota me telefonou outro dia e disse: "Pode vir, não tem ninguém em casa". Fui lá. Não tinha ninguém em casa.

– Rodney Dangerfield

Eis alguns exemplos. O primeiro contém um desfecho, ao passo que o segundo – uma variação sobre a mesma piada – emenda o primeiro com um segundo. O tamanho da pausa entre os dois desfechos na segunda piada é uma questão de avaliação. Por isso, saber a duração da pausa é o que separa os craques dos perebas.

O guarda florestal aproximou-se de um índio que vinha subindo, a cavalo, a trilha íngreme de um desfiladeiro, vindo atrás dele a esposa idosa, caminhando com dificuldade. – Chefe, venho reparando há meses que você sempre passa por aqui cavalgando com sua esposa vindo atrás a pé. Por que isso?

– Porque – disse o índio solenemente – ela não ter cavalo.

Agora a versão emendada da mesma história. Observe como a mudança de local faz com que o desfecho seja realista.

No Iraque, um soldado americano aproximou-se de um árabe que vinha pela estrada, montado em seu jumento. À frente dele, vinha sua esposa, idosa, caminhando a pé.

– Ei Abdul, – disse o soldado. – venho reparando há meses que você passa por aqui montado no jumento enquanto sua esposa anda a pé. Por que isso?

– Porque – disse o iraquiano – ela não ter jumento.

– Mas por que ela anda sempre à frente de você? Costume árabe?

– Não. Minas terrestres.

É HORA DO ESPETÁCULO

Agora tente desenvolver algumas piadas por conta própria. Leia as expressões e os chavões a seguir e veja se você consegue complementá-las com uma segunda frase engraçada. Para dar uma forcinha, a palavra-chave das frases, aquela com maior possibilidade de duplo sentido, está sublinhada. Confira depois seus desfechos com aqueles que sugerimos ao final deste capítulo.

SUJEITO: Você está livre hoje à noite?

Procuro um companheiro que seja fiel.

Aqui não servimos mulheres.

A coisa mais próxima à divindade é a bondade.

JUIZ: O tribunal estipula uma pensão para sua ex-esposa no valor de 200 dólares semanais.

PRONUNCIAR ERRADO DÁ EM DUPLO SENTADO

Existem milhares de palavras que podem adquirir duplos sentidos quando pronunciadas em voz alta. Cada humorista tem as suas prediletas. Muitas pessoas consideram essas construções péssimos trocadilhos. Para se contraporem a essa ideia, os profissionais do humor costumam colocar essas falas erradas (geradoras de duplo sentidos) como se tivessem sido ditas por crianças. Art Linkletter fazia isso no seu programa de TV *House Party*, assim como Stu Hample em seus livros, como *Children´s Letters to God*. Até mesmo os mandamentos bíblicos já foram transformados em paródias, como "Não piçarás a mulher do próximo". Você pode pensar em suas próprias piadas de duplo sentido ou pronúncia errada abrindo um dicionário e lendo as palavras em voz alta. A cada palavra dessas encontrada, use sua esperteza para criar um desfecho.

Outro dia encontrei com meu avô e fiquei chocado de ver que ele estava com a maior ereção. Perguntei: – Vovô, como é que o senhor, com essa idade, ainda consegue ficar de pau duro? Ele respondeu, com sua voz que falhava: – Vi-i-a-agra". Fiquei pensando: – Pô, essa Agra deve ser a maior gostosa, pra ele ficar assim só de olhar pra ela...

Já ouviu falar daquele budista que era viciado em novocaína? Era um adepto da medicação transcente dental.

Minha namorada me largou pra ir morar em Sidney. Disse que o sonho dela era ver Austrália. Pô, pra ver as tralha podia ter ficado no meu quarto mesmo.

Não aguento mais ir almoçar na casa daqueles crentes. Toda vez que vou me servir de salada eles fazem questão de me dar a outra alface.

Tem culpa eu?

É HORA DO ESPETÁCULO

A técnica de duplo sentido funciona melhor nas apresentações orais, mas de vez em quando a escrita ganha. Observe e diga qual formato (oral ou escrito) funcionaria melhor para os exemplos abaixo:

Minha avó ligou animada: – Sabe o que abriu na minha rua? *Lan house*! Achei estranho o entusiasmo dela, que nunca usou um computador. Continuou: – Agora quando eu for tricotar um casaquinho pra você, não preciso mais ir até o centro!

George W. Bush estava em campanha para presidente e, quando terminou seu comício, bateu uma fome tremenda. Dick Cheney sugeriu que fossem a um restaurante italiano que havia por perto.

– Ora, George Bush! – sorriu a garçonete bonitona. – Quanta honra. Pode pedir qualquer coisa, é por conta da casa. O que o senhor vai comer?

Bush franziu a testa e estudou o cardápio com muita atenção. Virou-se então para a garçonete: – Já escolhi, minha querida. Vou comer a buceta.

A garçonete atirou a bandeja sobre a mesa e gritou: – Não quero nem saber se você é candidato a presidente, ninguém fala assim comigo! E saiu pisando duro.

– Não sei por que ela ficou tão brava – disse Bush. – Só pedi uma entrada. Olha aqui no cardápio: buceta.

– Quê isso, Bush – disse Cheney. O nome do pão é *bruscheta*.

Resultado do exercício: Se você chutou que a primeira piada deveria ser falada e a segunda impressa, acertou.

NON SEQUITUR: FAÇA TURISMO CONOSCO

Outra categoria de humor ao pé da letra usa os *non sequitur* (incongruências), uma declaração ilógica que é engraçada devido à justaposição de dois elementos não relacionados. Para o escritor e filósofo John Allen Paulos, "deve-se ter ao menos alguma noção de lógica para reconhecer um *non sequitur*".

Atirei num elefante de pijamas. Como ele entrou no meu pijama, jamais saberei.

– Groucho Marx

Daqui a cem anos as obras dos antigos mestres serão coisa do passado.

– A. Grove Day

Placa em frente a boate: Mulheres gostosas todas as noites, a não ser aos domingos.

Aviso na vitrine: "Grande Liquidação! Última Semana!" Mas se foi na última semana por que ainda estão avisando?

– Yakov Smirnoff

Muitos comediantes eventualmente usam os *non sequiturs* em seus monólogos, outros, porém, só fazem uso dessa técnica, como o comediante de *stand-up* Steven Wright. Eis uma amostra. A esta altura, você já deve poder antecipar a maioria das conclusões humorísticas.

Comprei uma pilha, mas não estava incluída. Tive que comprar ela de novo.

Entrei na ótica com a receita errada. Era de bolo.

Estacionei o carro num local proibido. Quando voltei, não me deixaram entrar.

Quando colocam o plástico bolha nas caixas, no que eles o embalam?

Entrei no restaurante. O cartaz dizia "Servimos almoço a qualquer hora". Pedi uma refeição para as 24:00h.

Eu era gerente de uma loja de hidrantes. As mulheres viviam me pedindo amostras grátis, até perceberem que a loja não era de hidratantes.

Muita gente tem medo de altura. Eu não. Tenho medo de largura.

Gosto de recordar o passado com gente que acabei de conhecer.

Agora, saboreie estes petiscos de Mitch Hedberg e tente antecipar os desfechos humorísticos de cada um deles.

Depois que aprendi o código Morse, nunca mais consegui assistir a um espetáculo de sapateado.

Não uso relógio porque meus braços já vieram balanceados.

É arriscado dar tchauzinho para quem você não conhece. Se forem manetas vão pensar que você está tirando um sarro deles.

Eu consumia muitas drogas. Continuo consumindo, mas antes eu consumia também.

É HORA DO ESPETÁCULO

Tente finalizar cada uma das piadas a seguir e depois compare suas respostas com as listadas no final deste capítulo.

Detesto quando meu pé fica dormente...

Minha mulher quis saber por que eu tinha brochado...

Não sei por que minha esposa vai à academia para malhar...

Pra atirar num mímico...

Toda vez que sua mulher disser que está tendo uma onda de calor...

De tanto fazer luzes no meu cabelo...

OLHA O ARREMATE!!!

O arremate baseia-se no significado da frase, mas, é o oposto da piada ao pé da letra, que interpreta literalmente o chavão ou a expressão. A ideia por trás dessa técnica (uma das fórmulas mais populares na redação de humor) é tirar uma conclusão humorística a partir do significado de um chavão usual. No arremate, a frase pode ser o início ou o fecho da piada, mas normalmente é usado como uma introdução, ficando a surpresa na conclusão como a grande sacada.

O Homem Invisível casou com a Mulher Invisível. Seus filhos não eram bonitos de se ver.

Ninguém sabe o que passei. Minha passadeira faltou hoje.

– Mignon McLaughlin

Tire o seu sorriso do caminho, disse o dentista ao tentar obturar o dente da paciente.

Os ponteiros do meu relógio biológico estão me dando uma banana.

– Wendy Liebman

O cão pode ser o melhor amigo do homem. Mas não vai te buscar no aeroporto.

– Bobcat Goldthwait

Um tolo e seu dinheiro nunca deveriam ter-se juntado.

– Harry Anderson

Tudo o que sobe desce, mas nunca desce num lugar onde a gente possa encontrar.

– Lily Tomlin

Tenho o humor no meu sangue. Sinceramente, preferia que tivesse nas minhas piadas.

– Rodney Dangerfield

Todo político deveria ser honesto. Mas, honestamente, quem ia querer ser político?

Nem sempre o mais rápido vence a corrida, nem o mais forte vence a batalha. Mas que ajuda, ajuda.

– Damon Runyon

A construção do arremate é ainda mais difícil quando a frase padrão fica no final da piada. Normalmente a reação que mais acontece nesse tipo de construção é a vaia. Por isso não é muito popular entre os comediantes de *stand-up* (que já recebem muitas vaias sem precisarem procurar por isso).

O mau hálito daquele cachorro era demais. Era o único caso em que o latido era pior que a mordida.

Cada vez que ele ia ao dentista, pagava os olhos da cárie.

Acho que o Dr. Kevorkian estava mandando bem. O suicídio é nossa maneira de dizer para Deus: – Você não pode me demitir. Eu é que peço demissão.

– Bill Maher

Conheço um cara que ligou para o Canal de Compras da TV e a atendente perguntou: – Posso te ajudar? E ele disse: – Não, só tô dando uma olhadinha.

– George Miller

Minha irmã colocava enchimento no sutiã para aumentar os peitos. Saía à rua cheia de si.

– Wendy Liebman

É possível combinar diversas técnicas humorísticas numa mesma piada. Eis um exemplo (inspirado no escritor S. J. Perelman), combinando a reformulação (como discutimos no capítulo quatro) com um arremate (observe que o chavão vem por último).

Outro dia vi um soldado passeando no parque com uma mulher linda. Fazia muito calor e ela o refrescava com um leque. Aí eu logo pensei: "Olha lá uma gata abanando o cabo"!

Pode-se também colocar mais de um chavão numa piada com arremate. Aumenta o trabalho, mas também aumenta o prazer.

Nada dura para sempre, principalmente uma ereção. Mas que seja eterno enquanto duro.

Dê bastante corda para um funcionário público que ele enforca a sexta-feira.

Minha namorada me perdoou e me recebeu de braços abertos. Pena que o perdão não foi suficiente para me receber de pernas abertas.

Diante dos trocadilhos infames, por que as pessoas fazem caretas ao invés de abrirem sorrisos? Ninguém faz ideia.

O trocadilho é a forma mais baixa de humor... a não ser que seja uma criação sua.

– Oscar Levant

Colocar o chavão no inicio ou no final de uma piada de arremate dependerá de qual opção mantém a surpresa até o último instante possível. Você pode colocá-lo na frente, mas lembre-se de que o humor é escrito de trás para diante. Ou seja, você deve primeiro achar o chavão que irá adaptar e depois construir a piada em torno dele. O truque é não "telegrafar" o desfecho. Este é um arremate que foi tão esticado que parece mais uma plástica ruim do que uma piada boa.

O pedreiro flagrou sua mulher no banco traseiro de um carro, dando para outro homem. Foi para casa, pegou um saco de cimento, misturou com areia, colocou terra, brita, água e, quando a massa estava no ponto, voltou lá e despejou o concreto todo em cima dos dois. Foi embora pensando: "Ela vivia reclamando que queria um pau que ficasse duro por muito tempo. Pois então agora ela vai ter"!

O exemplo acima é uma piada elaborada, mas segue uma regra essencial: certifique-se de que a parte engraçada seja a última coisa; não coloque palavras na frase depois da piada. Se fizer isto, seu público pensará que seu arremate era apenas uma "levantada para a cortada". E ficarão desapontados, quando a suposta cortada não passar da rede.

Arremessando arremates

Um dos grandes mestres dos arremates era Rodney Dangerfield, que usava essa técnica para enfatizar sua *persona* autodepreciativa no palco.

Na minha árvore genealógica só deu galho.

Comentei com minha esposa: – Pensando bem, eu gostaria de morrer na cama. Aí ela perguntou: – É por isso que toda vez que a gente trepa você dá uma ensaiada?

Meu pai nunca gostou de mim. Teve um Natal em que me deu um carrinho. As rodas ele disse que daria no Natal seguinte.

Quando eu era criança, meus pais se mudavam muito, mas eu sempre conseguia encontrá-los.

Comecei a desconfiar de que meus pais me detestavam quando me deram uns brinquedinhos para o banho: uma torradeira e uma secadora.

Quando eu nasci, o médico disse pro papai: "Sinto muito. Fizemos o possível, mas ele saiu assim mesmo".

Minha mãe nunca me deu de mamar. Disse que gostava de mim como amigo.

A série de livros *Deep Thoughts* (Pensamentos profundos) de autoria de Jack Handey também faz uso de arremates. Cada "pensamento profundo" começa tipicamente com um chavão ou uma frase comum, finalizando com uma conclusão bizarra e despropositada.

Tem que ser muito homem para chorar, mas tem que ser mais homem ainda para rir daquele que está chorando.

Papai dizia sempre que rir era o melhor remédio. É por isso que tantos de nós morremos de tuberculose.

Se uma criança perguntar de onde vem a chuva, uma resposta bonitinha é: – Deus está chorando. E se ele perguntar por que Deus está chorando, outra resposta bonitinha é: – Deve ser por causa de alguma coisa que você aprontou.

As crianças precisam ser encorajadas. Por isso, se uma criança dá a resposta correta, diga a ela que foi questão de sorte. Assim, ela irá pela vida pensando em como é sortuda.

É HORA DO ESPETÁCULO

Vamos analisar o ditado que resultou no maior número de variações na literatura cômica: "Se não der certo na primeira vez, tente, tente novamente."

Se não der certo na primeira vez, tente, tente novamente... não deixe a mulher na mão.

– Guido Stempel

Se não der certo na primeira vez, então desista. O pior idiota é o idiota insistente.

– W. C. Fields

Se não der certo na primeira vez, não pense nisso como um fracasso. Pense nisso como um sucesso relativo.

– Robert Orben

Se não der certo de primeira, tente de ré.

Se não der certo de primeira, desista do paraquedismo.

Às vezes não é necessário usar o chavão completo. Muitas vezes basta uma sugestão ou uma variante. Eis algumas frases clássicas de Homer Simpson, conhecidas como Homerismos.

Se algo for difícil de fazer, então não vale a pena.

Meus filhos, vocês deram o melhor de si e falharam miseravelmente. Então a lição é: se forem dar alguma coisa de si, deem o pior.

Agora, tente escrever as palavras que abrem o chavão "Se não der certo na primeira vez", depois crie arremates com finais surpreendentes. Dez piadas é uma boa média. Vinte não é nem um arremate, é um acabamento completo.

UM GABARITO DE GABARITO

Eis algumas possibilidades de desfechos para os exercícios da página 98. Compare-os com os seus.

SUJEITO: Você está livre hoje à noite?
MULHER: Está me achando com cara de táxi?

– Procuro um companheiro que seja fiel.
– É melhor então arrumar um cachorro.

Aqui não servimos mulheres.
Terá que trazer a sua de casa.

– A coisa mais próxima à divindade é a bondade.
– Não é não. Procurei no dicionário e o mais próximo à divindade é divinatório.

JUIZ: O tribunal estipula uma pensão para sua ex-esposa no valor de 200 dólares por semana.
RÉU: Puxa, o senhor é mesmo generoso, seu Juiz. Vou até contribuir com uns 10 dólares também.

E aqui estão as conclusões dos profissionais para as piadas da página 102.

Detesto quando meu pé fica dormente... depois ele acaba perdendo o sono de noite.

– Steven Wright

Minha mulher quis saber por que eu tinha brochado. Me saí com essa: – Sabe o que é, meu amor? Quando olho pro seu corpo, fico caidinho por você.

– Steven Wright

Não sei por que minha esposa vai à academia para malhar. Ela já passa o dia todo malhando... os outros.

Pra atirar num mímico... é preciso usar um silenciador?

– Steven Wright

Toda vez que sua mulher disser que está tendo uma onda de calor... você sabe que vai entrar numa fria.

De tanto fazer luzes no meu cabelo parece que enfiei o dedo na tomada.

CAPÍTULO 6
Técnicas de criação com jogos de palavras

"Bloqueio criativo" é uma expressão elegante inventada pelos fracos para terem uma desculpa para beber.

– Steve Martin

Como a maioria das pessoas criativas, os redatores de humor passam muito tempo procurando a cereja do bolo. Mas, às vezes, um simples olhar vago transforma-se em um temido bloqueio criativo, ou humorístico: momentos onde as veias cômicas param de pulsar são inevitáveis. Como exagerou o comediante Marty Feldman: - A comédia, como a sodomia, é um ato natural.

Mesmo quando a imaginação de um escritor está a todo vapor, de cada dez piadas escritas apenas uma é realmente boa. O alto índice de piadas descartadas explica o porquê de tantos programas e *talk-shows* empregarem equipes de redatores de humor. Um monólogo de cinco minutos pode ter sido escrito por até seis pessoas.

Mas, como fazer o processo criativo pegar no tranco? Os métodos mais eficientes para ativar o cérebro são a listagem e a associação. Estas técnicas aumentam as chances de surgir um jogo de palavras realmente aproveitável. Isso consome tempo e a maioria dos itens nos quais você pensará será descartada, mas mesmo assim o *brainstorming* é uma ferramenta indispensável. Isso também explica por que os redatores de humor costumam ser melhores jogando com palavras do que com bolas.

ASSOCIAÇÃO

As ideias de um humorista são como músculos de um atleta ou as cordas vocais de um cantor: o desempenho é sempre melhor depois de um aquecimento. Quinze a trinta minutos diários de alongamento no cérebro são o suficiente para deixar a mente solta. Desenvolver novas associações também pode ajudar a descobrir o humor em relações inesperadas, levando à criação de jogos de palavras.

A associação ocorre quando é possível colocar duas atividades, que não estavam associadas anteriormente, numa cena plausível, porém ousada. É a variação do humor sobre as metáforas: combinam-se dois elementos simples que sozinhos têm a sua lógica, mas que juntos seriam impossíveis. O humor surge dessa relação insólita e inesperada.

Uma associação pode começar com um simples clichê ou até mesmo com uma expressão que o público interpretará da forma correta apenas quando o apresentador lhe der um exemplo ilustrativo, revertendo o significado antecipado.

Meu adversário faz o trabalho de dois homens: o Gordo e o Magro.

– Governador James A. Rhodes

Outro tipo de associação é a junção de dois clichês. Essa técnica é a espinha dorsal do improviso.

Esposa para a amiga: chamo o salário do Herb de símbolo fálico. Só sobe uma vez por ano.

Um terceiro exemplo de associação é quando uma citação é completada com um verbo ou advérbio, que será um trocadilho sobre o significado dessa citação.

– Vamos ter que dar uma segunda mão – Tom reforçou.
– Você só me vende pneus furados – ele chiou.
– Isso foi coisa do proctologista – ele deduziu.
– Se aparece no espelho, então não é um vampiro – refletiu o investigador.
– Consigo enxergar o caminho! – disse Harry, todo aceso.
– É... vou ter que consultar outro médico – conformou-se, paciente.

Robert Orben, um dos redatores de humor mais prolíficos, costuma criar, todos os dias, cerca de 25 jogos de palavras inspirados em notícias de jornais. Só depois disso ele começa a trabalhar. Outros humoristas, porém, preferem imaginar legendas engraçadas para as fotos. Art Gilmer, humorista de congressos, dá início a suas apresentações com um exercício envolvendo jogos de palavras: pede aos participantes para escreverem uma lista de palavras possíveis de serem associadas a profissões. Por exemplo:

BOMBEIRO
Alarmado
Queimado
Cabeça quente
Apagado
Vive de fogo
Mangueirense
Afogueado
Alguma coisa se salva
Até que dá um caldo

POLICIAL
Batido
Arrochado
Resguardado
Delega as coisas
Gosta de uma cana
Tem o maior porte

VETERINÁRIO
Um gato
Bichado
Melancólico
Bom pra cachorro
De bom coração
Osso duro de roer

JARDINEIRO
Cheio da erva
Vive na moita
Sem begônia
Semente muito

Quebra um galho
É poda!

Podemos usar este exercício também para descrever determinadas pessoas, como:

MACONHEIRO
Doidão
Enrolado
Malhado
Apertado
É uma seda
Tem presença

O comediante Gene Perret prefere associar trocadilhos com nomes de famosos, da seguinte maneira: primeiro encontra um nome com possibilidades de homônimos, depois escreve uma piada com esse nome.

Antes de ser Madonna, ela já era uma pré-Madonna.

– K. C. Conan

Chopin para mim tem que ser Brahms.

A Deborah Kerr que o Gregory Peck.

John McCain avisou que, se perder a eleição, vai armar o maior Barack.

Eis alguns *slogans* para pintores famosos, baseados nesse mesmo princípio:

Seurat: Que Seurat, Seurat.
Picasso: O maior!
Van Gogh: Sou todo ouvidos.
Warhol: Mando na lata!
Salvador Dali: Dalicioso!
Goya: Mesmo os judeus podem amar um Goya.

– adaptações de slogans originalmente publicados na revista *Advertising Age*

Humoristas só levam eles mesmos a sério, mais ninguém. Quanto mais você combinar realismo e exagero, mais engraçado será. É por isso que associações debochadas dos ricos e famosos com títulos de livros ou de filmes funcionam como um aquecimento frequentemente usado pelos profissionais.

Stephen Hawkings em "O homem que sabia demais"
Britney Spears em "Levada da breca"
Schumacher em "Velocidade máxima"
Danny de Vito em "Quero ser grande"
Bruce Willis em "Duro de aturar"
Obama e Michelle em "Casabranca"

Misturar os nomes de duas celebridades diferentes é outro exercício associativo.

Se George Bush tivesse se casado com Etta James, a filha deles se chamaria Bushetta?

Se Cristina Onassis tivesse se casado com Philip Morris, seus filhos seriam Morris Onassis?

Esse é apenas o primeiro passo na redação de humor, por isso é bom ter em mente o ditado antigo: mesmo o primeiro passo pode ser um passo em falso. Mas, com prática e paciência, você logo estará saltitando calçada afora sem pisar em nenhum buraco.

COM REVISÃO SE VÊ MELHOR

Para se criar uma piada com um final surpreendente são necessários muitos testes. Tanto que elas não são só escritas: são reescritas. A precisão e a concisão ajudam a fazer a surpresa do final funcionar melhor.
Uma piada bem construída:

- Usa o mínimo possível de palavras
- Não entrega de cara as palavras-chaves
- Retém a palavra mais engraçada até o final

O primeiro esboço de uma piada pode ser de qualquer tamanho; no segundo você já precisa cortar todas as frases não essenciais; e no esboço final o corte tem que ser em todas as palavras não essenciais. Nenhuma máquina tem peças desnecessárias e nenhuma boa apresentação de comédia tem palavras desnecessárias. Seu mantra deve ser: "toda palavra precisa funcionar".

No fim elimine expressões redundantes, como exatamente o mesmo, absolutamente necessário, planejando de antemão, adiar para depois, metades iguais, sair para fora, interagindo um com o outro.

Uma boa redação de humor deve ser rápida, com ritmo. Quando falamos, proferimos duas palavras por segundo, então, se você apagar vinte palavras redundantes do seu esboço final, já economizará dez segundos, que ajudarão a manter o seu público alerta.

Isso pode parecer exagero, mas a construção de uma piada é tão importante quanto o seu conteúdo. A economia de palavras e a retenção da surpresa até o final são duas grandes características de uma piada bem escrita e, por isso, os redatores passam um tempo considerável trabalhando nisso.

Considere o seguinte exemplo:

Esboço inicial

Eu dirigia por uma estrada, quando vi uma placa fixada num local: "A venda". Como eu precisava comprar mantimentos, encostei o carro e entrei. Mas não era uma venda. Não tinham colocado a crase na placa.

Duas palavras por segundo: o público terá que esperar mais de sete segundos entre ouvir sobre a placa e chegar ao desfecho. É um intervalo muito longo, que exige demais da plateia.

Esboço reescrito

Vi uma placa: "A venda". Mas quando entrei não era uma venda. Era uma placa sem crase.

Esta piada ainda contém informações desnecessárias.

Esboço final

Vi uma placa: "A venda". Mas não havia venda ali. Nem crase.

LISTAGEM: LISTAS A PERDER DE VISTA

O conceito de listagem parece bem simples: desmembra-se um assunto em grupos de atividades afins, depois criam-se subgrupos cada vez menores. A técnica é sempre a mesma... Imaginemos que você precisa preparar um material sobre futebol, tópico predileto dos redatores de humor:

PRIMEIRO PASSO: LISTAR GRUPOS E SUBGRUPOS. No início é preciso mapear o assunto, depois divida em diferentes cabeçalhos. Por exemplo:

1. Equipamento
2. Campo de futebol
3. Jogo de futebol
4. Jogadores de futebol

Agora acrescente o máximo de subtópicos possíveis e continue aumentando a lista a cada nova ideia. Não se censure! O importante agora é a quantidade, a qualidade vem depois.

EQUIPAMENTO DE FUTEBOL
Nesse caso pode ser que você liste:

Bola
Chuteira
Calção
Camisa
Meião
Joelheira

Luvas de goleiro
Apito de juiz
Cartão amarelo
Cartão vermelho
Bandeira de auxiliar
Moeda para cara e coroa

Apenas o único subtópico da bola pode render outra subdivisão de palavras ou expressões:

Bola murcha	Pelota
Bola fora	Redonda
Bola furada	Gorduchinha

Cada subtópico acima pode ser esmiuçado em novos subtópicos. E isso apenas na categoria dos equipamentos de futebol.

CAMPO DE FUTEBOL
E, na segunda categoria, o local

Trave	Lateral
Pequena área	Escanteio
Zona do agrião	Gramado
Círculo central	Alambrado
Marca do pênalti	Vestiário
Linha de fundo	Arquibancada

JOGO DE FUTEBOL
E agora a terceira categoria: o jogo em si

Gol	Impedimento
Falta	Tiro de meta
Tempo	Bicicleta
Paradinha	Pontapé
Chuveirinho	Tabelinha
Banheira	Passe

JOGADORES DE FUTEBOL
Finalmente, a quarta categoria, os jogadores de futebol:

Craque	Ala
Defesa	Meia
Ataque	Cabeça de área
Goleiro	Perna-de-pau
Beque	Volante
Zaga	Armador

Além dos jogadores em si, há uma série de participantes do jogo que atuam nas piadas de futebol: juiz, bandeirinha, técnico, gandula, cartola.

SEGUNDO PASSO: LISTAR CHAVÕES. A próxima etapa na tabela é elaborar uma lista de clichês e jogos de palavras associados com cada item. Por exemplo, na primeira categoria (a do equipamento) poderia entrar na sua lista:

Isolou a bola
Suou a camisa
Ajeitando o meião
Engoliu o apito
Economizando cartão
Vai sair o vermelho

E na segunda categoria (a do campo de futebol) poderia incluir:

Tirou tinta da trave
Ele se encaminha para a marca do pênalti
Saiu pela linha de fundo com bola e tudo
Bateu a lateral lá dentro da área
O gramado está péssimo
Mandou o chute lá na arquibancada

A terceira e a quarta categorias são mananciais de clichês.

Jogando contra o tempo
Falta clara
A paradinha enganou o goleiro
Ele só fica na banheira
No impedimento, a regra é clara
Furou a bicicleta
Craque é craque
A melhor defesa é o ataque
Bola pra um lado, goleiro pro outro
Mas que frango engoliu o goleiro
Ele é um meia de contenção
Foi o montinho artilheiro

TERCEIRO PASSO: COMEÇA O JOGO DE PALAVRAS. Ao ler essas listas, já se percebe uma série de possibilidades humorísticas, principalmente com as palavras de duplo sentido. Agora é o momento de fazer listas com duplos sentidos, sinônimos, antônimos e homônimos relacionados ao futebol. Eis alguns exemplos:

DUPLOS SENTIDOS

Entrou com bolas e tudo
Já pendurou as chuteiras
Está atuando com a camisinha pra fora
Auxiliar está dando bandeira
Partir para o segundo tempo
Aquela mulher está impedida
Ele gosta de jogar enfiado

SINÔNIMOS

Ataque = nervosismo
Na banheira = no banho
Chuveirinho = banho
Volante = direção
Ala = corredor
Cartão = crédito
Zona = meretrício
Tabelinha = contraceptivo
Bicicleta = ciclo
Tempo = clima

ANTÔNIMOS

Calção = calcinha
Lateral = central
Craque = pereba
Falta = abundância
Paradinha = corridinha
Meia = inteira

HOMÔNIMOS

Craque = *crack*
Beque = béqui (baseado)
Área = ária
Tiro de meta = tiro de merda
Pontapé = na ponta do pé
Armador = amador
Contenção – com tesão
Passe = passe (de umbanda)

QUARTO PASSO: CRIAR AS PIADAS. Use essa pesquisa para criar um material humorístico para o seu monólogo, esquete ou texto de *stand up* sobre futebol. Tenha em mente que, para ser engraçado, o final da piada (ou da história) precisa ser surpreendente. Dependendo da velocidade do apresentador, quatro piadas por minuto devem ser o máximo; a média é de duas piadas além de uma anedota por minuto. Então, se você precisa de cinco minutos de material, deverá ter no máximo 21 frases engraçadas; ou 7 anedotas; ou 12 frases e três anedotas etc.

O iniciante redige o mínimo de material necessário para preencher o tempo disponível. O profissional escreve o triplo do necessário (no caso do exemplo acima, mais de 60 piadas) e depois testa seu material com pequenos grupos (mas nunca com sua própria família). Reescreve, descarta, reescreve novamente e então, ao final, concentra-se nas 20 piadas que funcionam melhor para o seu público.

Vamos tentar algumas piadas de futebol baseadas nas listas acima. A partir deste exercício, você deverá criar seu próprio repertório em cada tópico que definimos. Observe que, se seus personagens forem celebridades ou equipes esportivas conhecidas do público, as piadas serão bastante valorizadas.

CATEGORIA EQUIPAMENTO

O gandula não aguentava mais acompanhar aquele treino. Toda vez que o atacante chutava no gol, isolava na arquibancada, não conseguia acertar nem perto do gol. E ainda fazia questão de que ele fosse buscar a bola, por mais longe que caísse. Finalmente, ele perdeu a paciência e perguntou ao jogador: – Com tanta bola aí em campo, por que eu tenho que ir atrás sempre da mesma? – Porque – disse o atleta – essa é a minha bola da sorte.

A esposa do juiz mostrou quem apitava naquela casa: – Ele pode ter lá seus cartões vermelhos, amarelos, lá no campo de futebol. Aqui quem mostra o cartão sou eu. O cartão de crédito.

Jogador de futebol possesso para o árbitro: – Pô, seu juiz, já é a quinta entrada violenta que levo! O senhor vai ficar aí economizando cartão? Juiz: – É para compensar o quanto minha esposa gasta.

Aquela pelada organizada pelos congressistas não começava nunca. A cada vez que o juiz ia tirar cara ou coroa, a moeda desaparecia.

CATEGORIA CAMPO

Comentarista: – Esse passe foi tão ruim que a bola não saiu pela lateral, saiu pela diagonal.

Os companheiros de equipe não aguentavam mais aquele craque folgado, que só ficava parado lá na frente, sem se mexer, esperando a bola chegar. Um deles reclamou: – Pô Romarílson! Vem buscar a bola! Ajuda na marcação! Só fica aí na pequena área, se fingindo de morto? Romarílson respondeu: – Não tem o montinho artilheiro? Então. Eu sou o mortinho artilheiro.

Comentarista: – Esse time só tem uma jogada: é mandar a bola pro Alan!

Locutor: – Mas... não tem nenhum Alan em campo...

Comentarista: – Em campo não, mas fora tem! Todo passe longo acaba no alambrado!

O cartola do time visitante chegou ao campinho de várzea onde seria a partida e mandou chamar o dirigente do time da casa: – Não tem a mínima condição do meu time jogar aqui! Esse gramado é muito ruim! O cartola local contemporizou: – É que o senhor deve ter provado o daqui onde fica o goleiro. Prova o gramado lá do círculo central que o senhor vai gostar.

CATEGORIA JOGO

Comentarista: – Ele chama aquilo de bicicleta? O jogador não só furou o passe como as duas rodas!

O juiz mandou voltar a cobrança de pênalti, para desespero do craque: – Mas seu juiz, eu só dei uma paradinha antes de chutar!

Juiz: – Paradinha? Isso não foi nem uma parada, foi um desfile de escola de samba!

Torcedor indignado para jogador saindo de campo: – Você não jogou nada! Tem que correr mais! Tem que suar a camisa!

Jogador irritado: – Como não suei a camisa? Olha aqui, toda encharcada!

Torcedor: – Isso é porque você passou o jogo todo na banheira!

A todo instante o técnico chegava à beira do gramado e berrava: – Ryelson! Faltam oito minutos! Vamos virar esse jogo... Ryelson! Faltam cinco minutos! Vamos virar, vamos virar... Ryelson! Faltam três minutos! Vamos virar!

Até que o Ryelson explodiu e gritou de volta: – Ô professor! Já tá ruim de jogar contra esse time de craques, o senhor ainda quer que a gente também jogue contra o tempo?

CATEGORIA JOGADORES

Comentarista: – Como é que um meio de campo com tanto volante não consegue ter a mínima direção?

Sua especialidade era bater falta. Ele era tão bom cobrador que, quando pendurou as chuteiras, foi contratado pelo departamento pessoal de uma empresa de ônibus.

O técnico comunicou ao seu assistente: – No próximo jogo não vou escalar o Robértson. Eu passo instruções para ele, mas é como se eu falasse com uma porta!

O assistente ponderou: – Mas ele é um ótimo meia de contenção.

O técnico: – Seria melhor ainda se fosse um meia com atenção.

Aquele jogador era muito pereba mas, como era sobrinho do cunhado do primo do presidente do clube, o técnico tentava dar um jeito de aproveitá-lo no time. – Olha, vou te dar uma última chance. Vamos ver se você é bom de pênalti. Bater pênalti é fácil, é só enganar o goleiro.

O novato caminhou até a marca do pênalti, ajeitou a bola daqui, ajeitou dali, afastou-se, olhou para o goleiro e isolou a bola na arquibancada. Diante do ataque apoplético do técnico, respondeu calmamente: – Ué, não era pra enganar o goleiro? Ele pensou que eu ia chutar no gol, mandei a bola pro outro lado.

E não vamos esquecer dos outros personagens da partida, como os juízes e bandeirinhas.

Era o centro-avante receber um passe lá na frente que o auxiliar assinalava o impedimento. No décimo impedimento o atacante partiu para cima do bandeira: – Você não está com nada! Se bandeirinha fosse bom, seria árbitro!

O bandeira emendou de primeira: – E, se você fosse bom, estaria agora comemorando seu gol ao invés de ficar aqui discutindo comigo.

Um juiz em início de carreira estava sendo entrevistado numa dessas resenhas esportivas da TV. O mediador perguntou: – E por que você escolheu a carreira de juiz? – Por causa da fama – ele respondeu. – Quero ser uma pessoa popular, um nome conhecido por toda a cidade. Ainda não consegui, mas a minha mãe já está na boca do povo.

Por que tanto trabalho?

Parece muito esforço só para criar algumas piadinhas. Bem, e é. Nenhum redator de humor negará que associações são trabalhosas, entediantes, frustrantes e consomem tempo, quando não dão certo. (E justo no instante em que vai bolar aquele desfecho genial, aquele que você está procurando o dia inteiro, sua esposa chega e diz: – Já que não está fazendo nada, leve o lixo pra fora.)

QUATRO CORTADAS QUE OS BLOQUEIOS NÃO SEGURAM

Aqui estão mais quatro ferramentas para furar os bloqueios humorísticos.

1. TRABALHE DE TRÁS PARA FRENTE. Crie o final – o desfecho – primeiro. Depois escreva a anedota ou a situação que melhor prepare o público para esse desfecho. Por exemplo, você pode descobrir uma interpretação nova e única para um clichê por mero acidente (acontece muito de se digitar errado uma palavra e isto gerar uma piada). Mas a criação de uma situação humorística não é fácil, é preciso experimentar muitas versões antes de encontrar a boa. Aí você passa horas a mais mudando palavras e condensando a piada, podada por podada. Para se livrar do hábito de começar pelo início, dê um pulo numa loja que venda cartões humorísticos e leia alguns deles de trás para frente. Comece pelo lado de dentro (pelo desfecho) e tente adivinhar então como é o texto do lado de fora (a situação).

2. PROCURE PELOS OPOSTOS. Um método-chave para criar surpresas é associar duas coisas que não sejam similares. Escolha um assunto e depois pense a respeito de pessoas, lugares, coisas, frases, chavões e palavras que a princípio não tenham a ver com esse tópico.

3. FALE AO INVÉS DE ESCREVER. Deixe a caneta ou o teclado de lado e passe a falar em voz alta. Use um gravador para registrar suas ideias, que assim virão mais rápido do que você conseguiria escrevê-las.

4. IMAGINE AO INVÉS DE ESCREVER. Albert Einstein reconheceu que a memória visual excedia em muito as habilidades verbais e usou a visualização para descobrir muitas de suas famosas teorias. Sempre que precisar fazer a imaginação pegar no tranco, feche os olhos e deixe que sua mente crie um filme mental com você contando piadas para uma plateia receptiva.

É HORA DO ESPETÁCULO

Editar agressivamente é importante. Lembre-se de que uma boa piada:

1. Usa o mínimo possível de palavras
2. Reserva a parte mais engraçada para o final
3. Não revela palavras-chaves ao desenvolver a situação e não possui palavras depois da parte mais engraçada do desfecho.

Se estes três critérios para uma boa piada não forem preenchidos, uma, que potencialmente seria boa, pode ser ruim. Complete os exercícios a seguir para praticar uma edição agressiva.

Pegue as piadas que você escreveu com jogos de palavras e edite. Primeiro, remova tudo que for desnecessário. Em seguida, identifique o desfecho mais engraçado e, se houver alguma depois desse trecho, reescreva-a para livrar-se disso. Por fim, certifique-se de que palavras-chaves que entreguem a surpresa do final não sejam usadas no desenvolvimento da situação.

Agora faça o mesmo com uma de suas histórias engraçadas prediletas. Como pode ser editada agressivamente para funcionar ainda melhor?

CAPÍTULO 7
O próximo grande passo: reversões

Mesmo estando apaixonados, eu e meu namorado terminamos. Ele queria casar, mas eu não queria que ele se casasse.

– Rita Rudner

O termo *reversão* possui muitas definições na redação de humor; uma das melhores é: "recurso que acrescenta um fecho contraditório à frase de abertura de um chavão ou expressão típica".

Eu não esperava pelo sucesso, então fui em frente assim mesmo.

– Jonathan Winters

Uma cabeça mais poluída chamaria isto de *troca-troca*, pois é uma técnica que substitui os personagens e o cenário do humor tradicional para que se adequem a uma nova situação.

Nós éramos incongruentes de várias maneiras. Por exemplo, eu era uma pessoa noturna e ele não gostava de mim.

– Wendy Liebman

A definição mais comum de reversão é: "uma troca inesperada no ponto de vista do público". A surpresa vem de uma mudança básica de direção, revertendo uma atividade ou modo de pensar convencional. Para manter esse prazer inesperado, o redator deve soltar pelo menos uma pista evidente que despiste o público e que o empurre numa direção falsa. Veja se consegue perceber isso no exemplo abaixo.

Um casal cheio de paixão está fazendo amor no quarto. De repente, a porta do apartamento abre e um homem entra gritando:
– Amor! Cheguei! – Ele entra no quarto, vê os dois pelados e diz:
– O que essa mulher está fazendo aqui?

Percebeu? O despiste é o homem gritando – Amor! – O público pensa que o homem está falando com a sua esposa. A mudança inesperada no ponto de vista ocorre na última frase: – O que essa mulher está fazendo aqui?

Em cada um dos exemplos a seguir, o autor quer que você pense de maneira previsível. E, apesar da cuidadosa análise do passo a passo acima, você pode estar tão acostumado ao processo de pensamento lógico que muitas dessas reversões podem ainda lhe pegar de surpresa.

RAPAZ: Posso te fotografar tirando a roupa?
MOÇA: Claro que não. Você não vai conseguir tirar a roupa e segurar a câmera ao mesmo tempo.

Um jovem executivo entra no escritório do seu chefe. – Sinto muito, mas acho que vou ter que sair mais cedo hoje, chefe. Estou com uma dor terrível no pescoço.

O chefe diz: – Sempre que dou um jeito no pescoço, vou para casa e minha esposa faz amor comigo. Ela sabe como massagear cada músculo no meu corpo e, quando acaba, toda a tensão já foi embora. Você deveria experimentar isso. É uma ordem.

No dia seguinte o chefe aproxima-se do jovem executivo. – Fez o que eu te mandei?

– Fiz sim – diz o rapaz, – e funcionou que é uma maravilha. Por falar nisso, sua casa também é muito bonita!

A reversão-padrão é uma declaração simples que estabelece um ponto de vista que é cancelado pelas palavras seguintes. É por isso que os redatores profissionais às vezes passam horas polindo aquela última frase tão especial. Nos exemplos abaixo, as declarações que preparam a piada estão sublinhadas.

Vendi minha casa esta semana. Consegui um bom preço... mas meu senhorio ficou muito puto.

– Garry Shandling

Fiquei num dos hotéis mais fuleiros da cidade. No meio da noite liguei para a portaria e reclamei: – Meu quarto está cheio de baratas! O gerente: – Vou ter que te cobrar a diferença. Quarto com acompanhante é mais caro.

Quando uma antiga filial do Hotel Sheraton estava sendo reformada, venderam as coisas que foram substituídas. Comprei, então, as duas portas da entrada e coloquei-as em minha casa. Depois de instaladas, fiz questão de mostrar para um amigo. – Essas portas vieram do Sheraton. Ele ficou boquiaberto: – Como conseguiu? Quase todo mundo só leva toalhas, sabonetes....

REVERSÕES E A ARTE DA SURPRESA

O motivo de as reversões no humor continuarem a nos surpreender ainda é um mistério. Afinal, o desfecho é lógico (mesmo que não realista). Um mágico consegue usar despistes físicos para desempenhar seus truques, ao passo que o comediante só tem palavras e a esperança de o público embarcar no bonde errado do pensamento.

Tudo bem que o médico tinha que me dar umas palmadas quando eu nasci, mas não havia motivo, ainda, para ele me chamar de vagabunda.

– Sarah Silverman

Quando eu era jovem pensava que o dinheiro fosse a coisa mais importante da vida. Agora, que sou velho, tenho absoluta certeza de que é.

– Oscar Wilde

O humor eficaz é redigido cuidadosamente, a fim de assegurar que o final permaneça oculto até que o redator esteja pronto para revelá-lo. Cada frase, ideia ou fato é elaborado para que, quando o humorista for reverter o processo do raciocínio, o público se surpreenda. Se antecipar a reversão, não haverá surpresa, demonstrará indiferença.

Caí matando no mercado de ações. Meu corretor perdeu todo o meu dinheiro, então eu o matei com dois tiros.

– Jim Loy

No monólogo a seguir, o comediante Emo Philips vai semeando pistas que incentivam o público a pensar de acordo com linhas previsíveis.

Um dia eu estava brincando – devia ter uns sete anos – e vi que a porta do porão estava entreaberta. Meus pais sempre me avisavam: Emo, não importa o que faça, não chegue perto da porta do porão. Mas eu tinha que ver o que havia do outro lado, mesmo que me matassem. Então, fui até a porta do porão, empurrei-a até que abrisse e passei. Vi coisas estranhas, maravilhosas, coisas que nunca tinha visto antes, como árvores, grama, flores, o sol – foi muito legal!

Observe como ele construiu a reversão, brincando com a presunção do público de que estava do lado de fora do porão.

Devia ter uns sete anos...

Uma criança pode ser proibida de entrar no porão. Pode cair escada abaixo ou o porão pode esconder algo perigoso.

Vi que a porta do porão estava entreaberta...

Os pais avisaram para que Philips ficasse longe da porta, então a plateia pensa que há algo perigoso lá. Quando a porta abre, apenas um pouquinho, cria-se uma tensão na plateia (que ainda acha que Philips está do lado de fora).

Meus pais sempre me avisaram: Emo, não importa o que faça, não chegue perto da porta do porão...

O porão começa a soar como uma masmorra misteriosa, repleta de horrores.

Eu tinha que ver o que havia do outro lado, mesmo que me matassem...

A palavra *matassem* aumenta a tensão.

Vi coisas estranhas, maravilhosas, coisas que nunca tinha visto antes...

Agora o público está certo de que o porão misterioso está cheio de relíquias do túmulo do Faraó Tutancâmon.

Como...

Esta é uma pausa longa e necessária, o que é o ápice da tensão em preparação para o fecho surpreendente: a revelação de Philips de que ele estava dentro do porão, olhando para fora.

É HORA DO ESPETÁCULO

É preciso assegurar que o público não antecipe a ocorrência de uma reversão. Escreva uma reversão para cada uma das seguintes situações e depois compare seus melhores esforços com os dos profissionais, ao fim deste capítulo.

As camisinhas não são totalmente seguras. Um amigo meu estava usado uma e...

Minha mulher insiste em apagar as luzes quando transamos. Até que isso não me incomoda, é o...

Temos uma eleição presidencial pela frente. E eu acho que o grande problema é, claro...

Depois de 12 anos de terapia, meu psiquiatra disse algo que trouxe lágrimas aos meus olhos. Ele disse...

ANEDOTA COM REVIRAVOLTA

Uma anedota (como o monólogo de Emo Philips que acabamos de discutir) é uma história curta com um clímax repentino. A preparação inclui apenas informação suficiente para incentivar o público a prosseguir automaticamente numa direção que o apresentador irá reverter ao final.

– Vou te contar que meu marido é muito mão aberta – uma mulher disse para a outra. – Era nosso aniversário, então ele me levou para o restaurante mais famoso da cidade e disse para eu pedir o prato mais caro do cardápio. Então eu pedi... um Big Mac.

Dois velhinhos estavam assistindo a um *doberman* lambendo as bolas do saco. Um virou para o outro e disse: – Minha vida inteira eu sempre quis poder fazer isso. O outro velho disse: – Melhor fazer um carinho nele antes, parece ser bravo pra cacete.

– Billy Crystal

O truque para criar uma boa reversão numa anedota é elaborar o roteiro da história de maneira tão realista que a reversão será totalmente inesperada para a plateia.

Um homem estava dirigindo por uma estrada montanhosa, estreita, cheia de curvas, quando quase colidiu com um carro que veio como um louco, saindo de uma curva fechada. – Seu maluco idiota! – gritou para o motorista. O outro carro freou, derrapando até parar. Uma mulher abaixou o vidro da janela, olhou para o homem e gritou: – Porco! Porco! Porco! – arrancando logo em seguida. Furioso com o insulto, o homem jogou o carro em primeira, passou para segunda, para terceira, acelerando pela curva da montanha... e atropelou um porco enorme deitado no meio da estrada.

Neste exemplo a reversão funciona bem, porque os eventos que levam até ela são completamente plausíveis, podem acontecer com qualquer um.

Filmes e *sitcoms* conseguem finais surpreendentes através de diálogos aparentemente insignificantes espalhados por uma cena. Mas, como piadas não podem durar meia hora, algumas pistas, usando o mínimo de palavras, devem ser inseridas em meio à anedota, sem entregar o jogo. Somente depois que o público tiver sido enganado pelo mágico é que estará ansioso para analisar o que realmente aconteceu. Quando a plateia analisar, em retrospecto, as suas anedotas, certifique-se de que possam reparar sua esperteza durante a construção da sua piada.

Todo dia o operário saía da obra no final do expediente, com um carrinho cheio de entulho. O empreiteiro tinha certeza de que ele estava roubando material, mas cada vez que os seguranças conferiam o carrinho, só achavam restos de entulho. Depois que a obra terminou e o operário recebeu o último pagamento, o chefe da obra perguntou: – Mike, eu sei que você estava roubando alguma coisa. Conta a verdade, o que era? E Mike confessou: – Carrinhos de mão!

NÃO ENTREGUE O JOGO

Entregar o jogo é a marca de um principiante; é telegrafar o final de uma piada, estragando a surpresa. Você pode acabar fazendo isso ao detalhar demais a sua introdução, tornando-a tão óbvia que o público consegue antecipar o final da história. Eis um exemplo: Jack Ellis, que fora um grande captador de recursos para a universidade em que lecionara, estava num jantar em sua homenagem. A pessoa que fazia o discurso contou a seguinte história:

O homem forte do circo apresentava um número em que molhava uma toalha e, em seguida, torcia-a até que saísse toda a água. Apostava 50 dólares que ninguém da plateia conseguiria arrancar mais uma gota de água dessa toalha. Nosso homenageado, que estava lá, imediatamente subiu ao palco e, justamente, torceu a toalha de modo que pingasse dela mais três gotas. – Quem é você? – perguntou o homem forte, admirado. E o homem disse: – Sou um captador de recursos para a Universidade de Ohio.

Há uma lei no humor que permite apenas uma reversão numa anedota. Duas reversões já se considera forçação de barra, e o público quase sempre consegue prever, antes da hora, uma terceira reversão. A piada a seguir guardou muito bem sua única reversão até o finalzinho.

O homem encontrou um chimpanzé no meio da rua. Ao passar um carro de polícia, o homem perguntou ao guarda: – Ei, o que devo fazer com esse macaco?

– Leva ele pro zoológico – gritou o policial.

No dia seguinte o policial passou na mesma rua e encontrou o homem com o chimpanzé.

– Não falei para você levar esse macaco para o zoológico? – disse o guarda.

– Foi o que eu fiz – disse o homem. – Nos divertimos tanto que hoje vou levar ele ao parque de diversões.

Um texano, visitando o pequeno estado de Vermont, perguntou a um fazendeiro quantos alqueires ele tinha.

– Ah, minha fazenda é grande – disse o fazendeiro. – Mais de 150 alqueires.

O texano se estufou e disse: – Sabe, moço, entro no meu carro de manhã, ando o dia inteiro e mesmo assim não consigo chegar ao final das minhas propriedades.

O fazendeiro disse: – Tô sabendo. Meu carro também não pega de manhã cedo.

Se forem muito óbvias em sua disposição, as reversões podem entregar o jogo mesmo nas anedotas curtas.

– Que chato que sua mulher fugiu com o jardineiro.
– Ah, tudo bem. Eu ia despedir ele mesmo.

Depois de dois copos minha mulher vira uma devassa incontrolável. Depois de cinco, eu apago, completamente arrasado.

ESCONDENDO O JOGO

O oposto de entregar é esconder o jogo. A reversão é bem sucedida quando o público realmente acha que a preparação da piada é uma declaração sem sentido oculto. Depois de uma pequena pausa, o humorista finalmente revela o final e, como a plateia não esperava que houvesse algo por trás do início da piada, o desfecho é realmente surpreendente.

A Universidade de Ohio foi fundada em 1804. Sua primeira turma tinha 12 calouros. E, este ano, oito deles vão se formar.

MUDANDO O RUMO DA PROSA

A reversão é uma técnica comum entre os comediantes de *stand-up*.

Me separei da minha primeira esposa porque ela era muito imatura. Eu podia estar tomando um banho de banheira que ela entrava sem falar nada e afundava meus barquinhos.

– Woody Allen

O médico entrou no consultório e disse: – Muito bem, deite ali na mesa. Eu disse – Mas antes não vai rolar nem um cineminha, um jantarzinho?

– Judy Tenuta

Quando fui para a universidade meus pais deram uma festa de comemoração. Escreveram-me contando tudo.

– Emo Phillips

Minha mãe enterrou três maridos... e dois deles estavam apenas tirando um cochilo.

– Rita Rudner

A cada dia mais pessoas estão abandonando as igrejas e voltando-se para Deus.

– Lenny Bruce

Para mim, os palhaços não são engraçados. Na verdade, são meio assustadores. Fico pensando como isso começou. Acho que vem de quando me levaram ao circo e um palhaço matou o meu pai.

– Jack Handey

Meu marido e eu não assinamos um acordo pré-nupcial. Assinamos um pacto de morte.

– Roseanne Barr

Meu avô é meio surdo, tem que ler os lábios das pessoas. Ler lábios tudo bem, o problema é que ele usa um marca texto amarelo.

– Brian Kiley

Não acredito em reencarnação, e não acreditava nem mesmo quando eu era um *hamster*.

– Shane Richie

Eu estava com essa garota na outra noite e, pelo jeito com que ela reagia às minhas carícias, dava para jurar que ela estava consciente, dos fios dos cabelos à etiqueta amarrada no seu dedão.

– Emo Philips

REVERSÃO É A MAIOR SENSAÇÃO

O bom das reversões é que podem ser usadas em discursos para estabelecer uma afirmativa séria, não apenas para contar uma piada. Como tal, é uma técnica excelente também para os sermões.

Dois empresários concorrentes estavam hospedados no mesmo quarto, numa convenção de seu ramo de negócios, que se realizava num *resort* das montanhas. Na primeira noite, ouviram algo arranhando a porta de seu chalé. Um deles foi ver o que era, voltou e começou a calçar o tênis de corrida.

– Qual é o problema? – perguntou o colega de quarto.

Seu concorrente disse: – Tem um urso enorme do lado de fora que está tão faminto que vai arrombar a porta e entrar neste quarto.

– Bem – disse o outro. – Por que calçar esse tênis? Você não vai conseguir correr mais rápido do que um urso.

– Eu sei – disse o primeiro. – Só preciso correr mais rápido do que você.

Mestres de cerimônia são notórios por incorporarem reversões em suas rápidas apresentações.

Geralmente buscamos apresentar o melhor em termos de entretenimento, mas nesta noite vamos ter que nos contentar com...

E aí, estão se divertindo bastante? Bem, vamos acabar com isso agora mesmo!

As reversões podem ocorrer no humor físico também. Durante uma apresentação no *talk-show* de David Letterman, Jack Hanna, então diretor do Zoológico de Columbus, estava exibindo um tucano. Letterman atirava uvas para a ave pegar com o bico. – Um... dois... três

– e atirava. A ave pegava cada uva, para o aplauso delirante da plateia. De repente, Letterman disse para Hanna: – Jack, por que você não experimenta? – Claro – disse Hanna. – Vamos lá – gritou Letterman, e começou a atirar uvas para o alto para que Hanna as pegasse com a boca. – Um... dois... três – e jogava a uva.

As reversões também são muito práticas para rebater insultos. Se a crítica não for muito bem especificada, o alvo tem o prazer – e realmente é um prazer quando surge essa oportunidade – de reverter o ponto de vista e transformar o dardo do crítico num bumerangue.

Não gosto de música *country*, mas não quero denegrir aqueles que gostam. E para os que gostam de música *country*: denegrir quer dizer "falar mal".

– Bob Newhart

Goldie Hawn é engraçada, *sexy*, linda, talentosa, inteligente, simpática e esplêndida. Fora isso, não me impressiona em nada.

– Neil Simon

As pessoas dizem para mim: – Você não é muito feminina – Bem, podem tentar chupar o meu pau, se quiserem.

– Roseanne Barr

MARIDO PARA ESPOSA: Você é linda, mas é burra.
ESPOSA PARA MARIDO: Bem, Deus me fez linda para que você ficasse atraído por mim. E me fez burra para eu ficasse atraída por você.

É NA ESCOLA QUE SE APRENDE A COLAR

Agora que discutimos os usos de reversões e como elas são construídas, vamos redigir uma reversão para um clichê. Vamos usar como alvo o início do ano letivo escolar, quando terminam as férias e os pais mandam alegremente seus filhos de volta às aulas. Escrever apenas "*Todos nós ficamos aliviados quando nossos filhos voltam para a escola e a casa fica mais quieta e mais arrumada*" não tem graça. Seus primeiros esforços para reverter um chavão devem parecer algo como:

ÓBVIO DEMAIS
Quando meus filhos voltam às aulas, eu volto à sanidade.

Para os pais, o Dia de Ação de Graças cai no primeiro dia de aulas.

MELHORANDO
Quando começam as aulas, meus filhos pensam que estão voltando para o inferno, e eu penso que estou voltando para o céu.

O significado de felicidade torna-se bem mais claro no primeiro dia em que meus filhos voltam para a escola.

BEM MELHOR
A primeira semana de aulas é quando milhões de rostos lindos irradiando felicidade voltam-se em direção às escolas...
São os rostos das mães.

Fica mais fácil, se você escrever de trás para frente, a partir da reversão. A reversão mais óbvia seria comentar a respeito das mães, enquanto a plateia pensa que estamos falando das crianças.

Esse tipo de piada seria uma abertura divertida em um encontro de pais de alunos, porque a plateia compartilharia a ambivalência de pais em relação a seus filhos.

Quando as aulas acabam, tem sempre muita gritaria, muitas gargalhadas, com o som de deveres de casa sendo rasgados. Era de se pensar que os professores agissem com mais compostura!

– Paul Sweeney

É HORA DO ESPETÁCULO

É comum "telejornais", em programas como Saturday Night Live e The Daily Show, incluírem reversões sob a forma de chamadas, uma frase seguida de outras frases contraditórias. Escreva uma reversão para cada uma das seguintes declarações, depois compare suas respostas com as versões dos profissionais que aparecem na página seguinte.

Uma pesquisa da Universidade de Harvard concluiu que os termômetros retais ainda são a melhor maneira de determinar a temperatura de um bebê.

A Universidade de Nebraska diz que os idosos que bebem vinho ou cerveja pelo menos quatro vezes por semana têm uma constituição óssea mais forte.

Hoje um homem na França foi preso por usar seu carro para atropelar um pedestre que pensou que fosse Osama bin Laden.

UM GABARITO DE GABARITO

Eis as conclusões de profissionais para as piadas de reversão da página 129.

As camisinhas não são totalmente seguras. Um amigo meu estava usando uma e foi atropelado por um ônibus.

– Bob Rubin

Minha mulher insiste em apagar as luzes quando vamos para a cama. Até que isso não me incomoda, o fato de ela aproveitar para se esconder é que acho cruel.

– Jonathan Katz

Temos uma eleição presidencial pela frente. Eu acho que o grande problema é que algum desses idiotas irá ganhar.

– Barry Crimmins

Depois de doze anos de terapia, meu psiquiatra disse algo que trouxe lágrimas aos meus olhos. Ele disse: – No hablo inglës.

– Ronnie Shakes

Eis as conclusões para as chamadas das notícias na página 136.

Uma pesquisa da Universidade de Harvard concluiu que os termômetros retais ainda são a melhor maneira de determinar a temperatura de um bebê. Além de já mostrar ao bebê quem é que manda.

– Tina Fey

A Universidade de Nebraska diz que os idosos que bebem vinho ou cerveja pelo menos quatro vezes por semana têm a constituição óssea mais forte. E precisam disto: são os que mais caem.

– Jay Leno

Um homem na França foi preso hoje por usar seu carro para atropelar um pedestre que pensou que fosse Osama Bin Laden. Mesmo sendo um engano, é considerado a maior vitória militar da França.

– Jay Leno

CAPÍTULO 8
A harmonia dos elementos casados: frases, palavras, estatísticas e aforismos

> Ela era uma mulher muito espirituosa, mas não pegou o espírito da coisa.
>
> **– George Carlin**

O humor é uma façanha da ginástica verbal e elementos casados são exemplos do tipo de redação esperta usada habitualmente nos discursos políticos, sermões, oratória solene e nos brindes à mesa. Um elemento casado consiste em duas estruturas gramaticais (palavras, frases, orações ou sentenças) que são similares em sua construçao e também dialogam quanto ao seu significado.

Elementos casados aparecem em várias vertentes humorísticas: *slogans* publicitários, adesivos de automóveis ou tiradas, ao estilo de Bernard Shaw. É possível encontrá-los até na sessão "pensamentos do dia" de seu jornal.

Há três variedades de elementos casados:

1. Frases ou sentenças casadas
2. Palavras casadas
3. Números casados

FRASES E SENTENÇAS CASADAS

Para maior eficácia, as frases ou sentenças casadas devem ter um paralelismo: serem iguais em seu sentido gramatical, em estrutura e em ritmo. Algumas precisam de uma preparação introdutória (a maioria, não). Em muitos casos, a primeira unidade do par é uma simples declaração; a segunda, elaborada cuidadosamente, é um eco da primeira, mas com uma palavra-chave alterada ou a ordem invertida para alterar o significado. Aforismos (que discutiremos mais à frente) às vezes contêm frases casadas que soam quase líricas em sua repetição, valiosas por tornarem as palavras fáceis de lembrar.

Não pergunte o que seu país pode fazer por você. Pergunte o que você pode fazer por seu país.

– John F. Kennedy

Melhor um tolo esperto do que um esperto que só diz tolices.

– William Shakespeare

As imagens não mentem, mas os mentirosos têm imaginação.

A imaginação nos compensa pelo que não somos. O humor nos compensa pelo que somos.

Como técnica de humor, frases casadas com reversões de palavras são de fácil compreensão, mas não necessariamente simples. Regra básica: devemos começar pelo final, pela última frase. É ela que dá sentido à piada e é a mais fácil de ser lembrada. Depois, é preciso reforçar o tema, revertendo as palavras de modo que a primeira parte introduza a cadência:

Ninguém se importa com o tanto que você conhece até conhecer o tanto que você importa.

Piloto pelo alto-falante para os passageiros impacientes: – Estamos com um ligeiro atraso devido a reparos em nossos motores. Você não está feliz por estar aqui embaixo desejando estar lá em cima, ao invés de estar lá em cima desejando estar aqui embaixo?

– Joan White Book

As frases casadas são populares entre os chavões, que oferecem muitas oportunidades para um humor à base do arremate (frase seguida de frase casada).

Patrão para empregado novo: – Relaxe, Bitler. Não há nada a temer a não ser o próprio temor. E eu, é claro!

– Robert Mankoff

Elementos casados arrancam aplausos, e os redatores sabem que o público é mais estimulado pela virada nas frases do que pela sua lógica. Os homônimos provocam risos, mesmo quando seu sentido é absurdo.

É melhor ter amado uma mulher de peitos pequenos do que nunca ter mamado.

– Mary Jo Crowley

Na maioria das vezes, você não quer que o público consiga adivinhar seu desfecho. Quer surpreendê-los, pois sabe que não apreciarão um humor previsível. Mas a participação da plateia - envolvendo mentalmente o público - também pode ser uma técnica excelente para aumentar seus aplausos. Se você conseguir criar uma piada nova e forte casada, pode não ser necessário dizer a segunda parte do emparelhamento, se a plateia conseguir deduzi-la a partir da primeira. Você pode bajulá-los, deixando que complementem seu raciocínio. Aí então aplaudirão não só a sua engenhosidade como a própria perspicácia deles.

São 69 as diferenças entre o herpes e a mononucleose.

Em uma piada que utilize sentenças casadas, cada uma das conclusões conterá sempre uma das frases casadas. Cada sentença geralmente é atribuída a uma pessoa diferente. A impressão final é a de uma réplica mordaz, com o público apreciando a habilidade do replicador em reverter a ordem das palavras e devolvê-las na cara do personagem original.

TELEGRAMA DE PRODUTOR TEATRAL PARA GEORGE BERNARD SHAW:
Mande texto *pt* Se bom mando cheque *pt*
RESPOSTA DE SHAW: Mande cheque *pt* Se bom mando texto *pt*

Um vendedor anexou uma foto de sua filhinha de quatro meses a uma carta de cobrança a um freguês, implorando: – É por causa dessa belezinha que preciso do dinheiro.O freguês respondeu com uma foto de uma loura voluptuosa num biquíni: – É por causa dessa belezinha que não tenho mais um centavo para te pagar.

É HORA DO ESPETÁCULO

Faça uma revisão nas suas piadas criadas para os capítulos quatro e cinco. Em seguida escolha de sete a dez das suas preferidas e reescreva-as como frases ou sentenças casadas.

PALAVRAS CASADAS

A maioria das palavras casadas recai em uma dessas quatro classificações: sinônimos, homônimos, antônimos ou agrupamentos. Sempre será bom o redator de humor andar com um dicionário de sinônimos, antônimos e homônimos.

Sinônimos

Sinônimos são palavras diferentes que compartilham de um mesmo significado (os cavalos suam, os cavalheiros perspiram, as damas reluzem). Os sinônimos formam palavras casadas bem populares. Existem tantas palavras com significados semelhantes na nossa língua que há incontáveis oportunidades de duplos sentidos. Uma técnica simples para emparelhar sinônimos é expressar uma ideia numa frase, depois incluir na segunda um sinônimo de uma palavra-chave da primeira. Mas esse sinônimo deve evocar um significado diferente e inesperado para a palavra-chave da primeira frase.

Na sapataria o freguês, depois de muito experimentar, nitidamente não estava gostando do par de sapatos. O vendedor tentou então um último argumento:

VENDEDOR: Mas a sola é de borracha!

FREGUÊS: Ah, então tudo bem. Vou pagar com um cheque *borrachudo*.

Rita Rudner

No exemplo acima, as palavras casadas são "borracha" e "borrachudo". Sendo uma coisa de borracha obviamente borrachuda, esse relacionamento íntimo permite que as palavras atuem em conjunto no jogo de palavras.

Em cada um dos exemplos a seguir, a segunda frase destaca um sinônimo altamente exagerado para uma palavra-chave da primeira frase.

Ela não estava só se atirando para cima dele. Estava mirando cuidadosamente.

Ele só tem pose de mau-caráter. No fundo do seu coração, ele é mesmo um péssimo caráter.

O arremate com sinônimos casados (como qualquer outro) começa com um chavão ou uma expressão batida e inclui um sinônimo para trazer uma sacada inesperada no fecho.

Adoro a humanidade. Só não aguento as pessoas.

– Charles M. Shulz

Machista: Mandei minha mulher ficar só lavando roupa, passando, costurando, cozinhando e arrumando a casa. Mulher minha não trabalha fora!

– John Boblitt

Homônimos

Homônimos são palavras que soam iguais mas são escritas de forma diferente, ou têm um significado distinto (veja uma discussão mais completa a respeito de homônimos no capítulo quatro). Nossa língua é rica em palavras que possuem praticamente a mesma pronúncia.

E tem aquela molécula que não tinha idade para fazer exame de DNA porque ainda era moleque.

O suspeito reagiu indignado, quando levou um arrocho do policial: – Você está muito enganado comigo! Eu não sou quem você prensa!

Aquela orquestra era tão ruim que não tinha conserto.

O terapeuta de casais aconselhou ao marido: – Você precisa colocar um molho na sua relação – Mas que molho? – reagiu o marido. – Por exemplo: pergunte para sua mulher "Quer *ketchup*"?

Antônimos

Enquanto os sinônimos são palavras ou frases que compartilham o mesmo significado, antônimos são palavras ou expressões que são seus opostos: quente e frio, alto e baixo. Antônimos casados são engraçados por serem a forma mais simples de reversão. A primeira frase conduz para uma direção e o antônimo vira-lhe de cabeça para baixo. Quando o programa *Saturday Night Live* estava numa temporada ruim, os críticos foram logo chamando-o de *Saturday Night Dead*.*

Existem bons e maus políticos no Congresso. Uns tentam limpar a sua imagem; outros tentam limpar os cofres públicos.

– Roberto Orben

Garoto para seu amigo: Se faço bagunça, me dão uma bronca. Se fico quietinho, acham logo que eu estou com febre.

O uso de antônimos casados é compatível com o humor baseado em trocadilhos e duplos sentidos. O público adora jogos de palavras habilidosos.

Vamos sair dessas roupas molhadas e entrar num martini seco.

– Robert Benchley

Não é de se admirar que os estrangeiros fiquem confusos com a nossa língua. Quando falamos "grandes merdas" é porque a coisa não vale merda nenhuma mesmo.

– Joyce Mattingly

Os pares de antônimos usados com mais frequência são: bom e ruim, certo e errado e bem e mal.

PAI PARA FILHA PRÉ-ADOLESCENTE: Tem duas expressões que eu gostaria que você não usasse mais. Uma é "da hora" e a outra é "já é". Promete?

* N.T.: O programa, que era Ao Vivo, até no nome, passou a ser chamado de Ao Morto.

FILHA: Claro, pai, mas quais são as duas expressões?

Seu manuscrito é tanto bem escrito quanto original, mas a parte que é bem escrita não é original e a parte original não é bem escrita.

– Samuel Johnson

Antônimos podem existir de várias maneiras: duas palavras que significam o oposto uma da outra (como no caso de quente/frio) ou uma palavra pode formar seu próprio antônimo pela adição de um prefixo como des- ou in- (sensível/insensível). Existem centenas de palavras que se podem transformar em seu próprio antônimo: desinteressante é o antônimo de interessante, e impaciente é o antônimo de paciente.

Deixei o jornalismo porque fiz muitas matérias interessantes, ganhando um salário desinteressante.

O homem racional adapta-se ao mundo. O homem irracional persiste tentando adaptar o mundo a ele mesmo. Portanto, todo progresso depende do homem irracional.

– George Bernard Shaw

Criando antônimos casados

O primeiro passo na criação de humor é a livre associação, como discutimos no capítulo seis. Ao fazer um *brainstorming* de antônimos é preciso vasculhar cada combinação que se relacione ao assunto de que irá tratar. Por exemplo, quando se pensa nos antônimos *direito* e *esquerdo*, pensa-se nas mãos, ou nas partes do corpo, ou em duas direções em que se pode ir. Ou mesmo, no feminino, em direita e esquerda, pelo lado político. Bons humoristas irão reparar que a palavra *direito* pode ser também um antônimo à palavra *errado*. Um humor mais sofisticado (e apreciado) combina o significado de uma palavra de um par de antônimos com o significado de uma palavra de outro par de antônimos.

É muito bom quando você encontra o sapato direito para o seu pé. Mas é bom também não se esquecer de calçar o esquerdo.

– Dave Barry

Na comédia, os antônimos casados não precisam se encaixar na definição perfeita conforme consta no dicionário. Contanto que a sugestão do oposto esteja presente, o humor funciona.

O governo federal orgulha-se de ter desenvolvido um novo acordo comercial entre os países que fazem fronteiras com o nosso. Os jovens cruzam ao Sul para comprar drogas e os velhos cruzam ao Norte para comprar drogas*.

– Mel Helitzer

Um médico pediu ao seu novo paciente para escrever num papel uma lista de todos os medicamentos que estava tomando. O médico olhou para a longa listagem e disse: – Sabe, Bill, você é melhor pessoalmente do que por escrito.

É importante, porém, tomar cuidado com certas combinações de antônimos. Por exemplo, o de *nascer* é *morrer* e o oposto de *começar* é *terminar*; não se deve combinar *nascer* com *terminar* ou *começar* com *morrer*...

ACEITÁVEL
Foi aqui, neste palco, que nasceu a carreira de muitos humoristas... e hoje eu acho que é aqui que a minha morre.

ACEITÁVEL
Muitos humoristas começaram sua carreira aqui neste palco... e hoje neste palco, a minha terminou.

INACEITÁVEL
Muitos humoristas começaram sua carreira aqui neste palco... e hoje eu acho que é aqui que a minha morre.

É também possível incluir dois antônimos, ou mais, na mesma piada.

O trabalho duro traz recompensas no futuro. A preguiça traz recompensas agora.

* N.T.: Referência ao tráfico de drogas no México e ao sistema de saúde pública canadense que oferece remédios a preços subsidiados.

Agrupamentos

Outro tipo de jogo de palavras depende do agrupamento de duas ou mais palavras associadas, de alguma maneira, ao mesmo tópico. Elas não precisam ser sinônimas, antônimas ou homônimas.

Um candidato não precisa saber apenas se posicionar bem num palanque de comício. Precisa aprender a ficar em cima do muro e a fugir das polêmicas.

– Frank Tyger

Eu venho lá do interior, onde homens são homens e mulheres são mulheres e não tem nada melhor do que isso.

– Red Skelton

Eu venho de Nova Iorque, onde homens são homens... e mulheres são homens também!

– Robin Williams

É HORA DO ESPETÁCULO

Use um dicionário para criar uma lista de antônimos para: *bem/mal* e *certo/errado*. Escreva de sete a dez reversões nas quais os antônimos são usados como palavras casadas.

NÚMEROS CASADOS

Números e cálculos podem também ser emparelhados a fim de produzirem efeitos humorísticos. Como em qualquer piada, guarde-os para o finalzinho.

O xerife disse para o bandido: – Vou te dar uma chance. Vamos nos afastar dez passos. Aí, quando eu contar até três, você atira – Os homens afastaram-se dez passos e o xerife gritou: – Um... dois... – e aí voltou-se e atirou. O bandido, morrendo, balbuciou: – Pensei que você fosse atirar quando gritasse três. O xerife disse: – No três você atiraria. No dois era comigo.

Redatores de humor geralmente usam números sequenciais. A progressão numérica deve ser lógica e rítmica, e deve sempre progredir numa única direção: para cima ou para baixo.

Números progredindo

MESTRE DE CERIMÔNIAS NUMA CASA GERIÁTRICA: Vamos dar um prêmio para a pessoa mais idosa.

PRIMEIRA VOZ: Estou com 63 anos.

SEGUNDA VOZ: Estou com 73 anos.

TERCEIRA VOZ: Estou com 83 anos.

QUARTA VOZ: Estou morto!

Existem muitas coisas que se podem conseguir com um dólar: vinte moedas de cinco centavos, dez moedas de dez centavos, quatro moedas de vinte e cinco centavos...

– Charles Lindner

Números regredindo

Professor diz para sua turma de redação: Não tenham medo de reescrever seus textos. Lembrem-se de que o primeiro esboço do romance de Dickens se chamava *Um Conto de Dez Cidades*. O segundo esboço se chamava *Um Conto de Nove Cidades*, depois era *Oito*, aí passou para *Sete*...

– Kathy Leisering

Números repetidos

O exemplo a seguir, além dos números casados, repete também frases (com a reversão dos números na segunda frase casada).

Ter vinte amantes num ano é fácil. Ter um amante por vinte anos é que é difícil.

– Zsa Zsa Gabor

O exemplo abaixo repete o número cinco e estabelece um padrão de frases.

> O tipo de piada de que eu gosto me faz rir muito por cinco segundos e pensar por cinco minutos.
>
> **– William Davis**

AFORISMOS CASADOS: ADÁGIOS EM RIR MAIOR

Aforismos são expressões concisas de uma verdade ou sabedoria popular. Após um revés, temos determinadas opções: podemos ser pessimistas e amaldiçoar o azar, ou reagir com otimismo e considerar que o destino nos forneceu uma experiência valiosa de aprendizado. O humorista é treinado pela necessidade para enxergar o humor através de lentes tingidas pela desgraça. Essas duas opções formam a base para um tipo de aforismo: um contraste humorístico entre o ponto de vista de um pessimista e de um otimista. Este tipo de aforismo faz bom uso de elementos casados. Vamos imaginar como você procederia ao criar um aforismo assim. Poderia começar embutindo antônimos casados (otimista e pessimista) no seu texto. Seu primeiro esforço poderia ficar assim:

> Um pessimista amaldiçoa o destino; um otimista procura os benefícios advindos de qualquer decisão.

Há alguma sabedoria nesta frase, mas nada particularmente notável. Então, você tentaria novamente, usando alguns adjetivos e sujeitos repetitivos.

> Um otimista vê vantagens em cada desastre; um pessimista vê recorrências em cada desastre.

A palavra "desastre" é repetida, e "vantagens" foi contrastada com "recorrências". Não se chegou a lugar algum, mas as possibilidades começaram a aparecer. O contraste entre "vantagens" e "desastre" é mais forte do que o entre "vantagens" e "recorrências". Isso pode resultar em boas oportunidades de jogos de palavras com reversões. Entretanto, a palavra “desastre” parece muito exagerada para essa questão. Talvez “calamidade”, num tom abaixo, possa ser mais apropriada.

Um otimista vê vantagens em cada calamidade; um pessimista vê uma calamidade em cada vantagem.

Tem algo errado com o som e com a conotação de “vantagens”. A palavra “oportunidades” poderia funcionar, mas nem toda decisão é uma oportunidade. Você poderia tentar a palavra “teste” antes de se decidir por “desafio”. Bem melhor!

Um otimista vê um desafio em cada calamidade. Um pessimista vê uma calamidade em cada desafio.

O resultado é um conjunto de frases casadas e um conjunto de antônimos casados. Além de bem escrito, é um bom conselho também!

É HORA DO ESPETÁCULO

O humor é geralmente escrito de trás para frente e os elementos casados são um bom exemplo desse modelo. A piada primeiro! Os redatores sabem que elementos casados acabam incrementando o valor comercial do material em qualquer mercado do humor (cartazes, palavras faladas, cartuns etc.)

O trabalho vai resultar em risos e os risos vão resultar em trabalho.

Quer esteja trabalhando com elementos casados ou com quaisquer das técnicas discutidas aqui, a redação de humor demanda prática diária. Os exercícios seguintes fornecerão combustível para sua imaginação cômica.

Escreva de forma engraçada...

- Um conjunto de novos disparates e trocadilhos adverbiais
- Uma lista com novas matérias para serem estudadas nas faculdades
- Um guia de vigilância para o seu bairro
- Um anúncio para um *site* de relacionamentos

- Regras de etiqueta para o uso de telefones celulares
- Um cardápio para um botequim, como se fosse um restaurante chique
- Crítica de uma loja de conveniência, como se fosse feita por um crítico de artes
- Uma lista de avisos para os alto-falantes de uma pracinha de interior
- Um *e-mail* solicitando doações para um fundo de caridade picareta

CAPÍTULO 9
Um é pouco, dois é bom, três é demais: os triplos

Não consigo pensar em nada pior, depois de uma noite de bebedeira do que acordar do lado de alguém e não conseguir lembrar o nome da pessoa, como a conheceu ou o motivo de ela estar morta.

– Laura Knightlinger

Cada humorista tem sua preferência quanto à estrutura das piadas, mas as frases com segmentos triplos constituem um dos formatos mais utilizados e repetidos. Com sua construção prolongada, o triplo (um agrupamento de três exemplos ou uma sequência de três ações, comentários, ou categorias) aumenta a tensão.

Celebrei o Dia de Ação de Graças à moda antiga. Convidei todos da minha vizinhança para minha casa, tivemos um banquete enorme, e depois matei todo mundo e tomei a terra deles.*

– Jon Stewart

Os triplos têm sido usados por tantos anos dentro do formato "Tinha um padre, um pastor e um rabino..." que, quando três desses religiosos realmente entraram num bar, o *barman* perguntou: – Isso é algum tipo de piada?

Esse método usa a hostilidade, o exagero, a tensão crescente e um final surpreendente que incrementa mais ainda o retorno da piada. A maioria dos triplos são sequências curtas, com duas ou três frases; o formato mais longo pode funcionar, se for feito corretamente: as frases de abertura estabelecem logicamente a situação e a última frase é a mais audaciosa.

* N.T.: referência ao Dia de Ação de Graças original, em 1621, nos EUA, quando os peregrinos, colonizadores ingleses, ofereceram um banquete aos indígenas da região de Massachussets.

Uma mulher teve um bebê a partir de um embrião que tinha sido congelado por sete anos. Ela disse: – Não fazia ideia se ia ter um menininho, uma menininha ou *nuggets*.

– Conan O´Brien.

Aos 86 anos, Orville Redenbacher, o rei da pipoca, faleceu. Sua família logo se envolveu numa disputa se iriam cremá-lo, pôr num micro-ondas ou estourá-lo numa pipoqueira.

– Stephanie Miller.

Se o óleo de soja vem da soja e óleo de azeite vem das azeitonas, de onde vem o óleo de bebê?

– Lily Tomlin

Neuróticos constroem castelos no ar, psicóticos vivem nesses castelos. Minha mãe arruma-os.

– Rita Rudner

O único lugar realmente bom para se comprar madeira é numa loja onde a madeira já foi cortada e refeita na forma de móveis, com acabamento, e colocada dentro de caixas.

– Dave Barry

Construindo reversões: o poder dos três

O poder mítico dos três tem sido conhecido e usado por séculos. A Bíblia está cheia de designações triplas: três reis magos, a Santíssima Trindade e os patriarcas hebreus: Abrãao, Isaac e Jacó. Elementos triplos correm em nossa literatura histórica mais poderosa: os franceses fizeram sua revolução por "Liberdade, Igualdade, Fraternidade", e uma das frases mais citadas de Abraham Lincoln é "um governo do povo, para o povo, pelo povo". Na matemática, o três é um número ímpar, mas sua cadência da-da-Ta da-da-Ta da-da-Ta torna-o o número mais importante

na comédia. Não é coincidência amarmos *Cachinhos de Ouro e seus três ursos*, *Os três porquinhos*, *Os três ratos cegos*, *Os três mosqueteiros* e *Os três patetas*. E, também, sempre batemos três vezes na madeira. As pessoas de teatro, aliás, são tão supersticiosas que, ao baterem à porta para chamar algum ator, batem três vezes. E essa é a verdade, somente a verdade e nada mais que a verdade.

> Bart, mulheres são como cerveja: cheiram bem, enchem os olhos e você pisaria na sua própria mãe só para conseguir uma.
>
> **– Homer Simpson**

De acordo com uma teoria da comédia elaborada pelo escritor William Lang, existem apenas três componentes na maioria dos textos cômicos. É a fórmula da **PAP**inha.

Preparação (introdução da piada)
Antecipação (triplos)
Punchline (desfecho)

Observe como isso se aplica a estes exemplos:

> Preparação = Nós éramos pentecostais.
> Antecipação = Quando eu era novo, a gente não podia ir ao cinema, não podia ouvir *rock* nem usar maquiagem.
> *Punchline* = Se não fosse o carro e a luz elétrica, seríamos Amish.
>
> **– René Hicks**

> Preparação = Eu e minha esposa não nos damos bem.
> Antecipação = Faço minhas refeições separado, tiro férias separado e durmo num quarto separado.
> *Punchline* = Estou fazendo tudo que posso para manter esse casamento unido.
>
> **– Milton Berle**

É possível, claro, abreviar essa fórmula, combinando dois dos elementos numa mesma frase. No exemplo a seguir, a terceira parte do triplo já inclui o desfecho.

Quando se morre, aparece uma luz no fim do túnel. Quando meu pai morrer, vai ver a luz, vai andar em direção à luz e aí vai desligá-la para economizar energia.

– Harland Williams

Repare como a sequência tripla no próximo exemplo aumenta o valor da última linha.

Se quiser ser visto – levante o braço!
Se quiser ser ouvido – levante a voz!
Se quiser ser apreciado – cale a boca!

A piada não seria tão eficaz como uma série dupla. Quando retiramos a primeira linha, a piada fica assim:

Se quiser ser ouvido – levante a voz!
Se quiser ser apreciado – cale a boca!

O humor ainda está aí, mas o desfecho tem menos impacto, sem a tensão crescente do triplo. E, se for acrescentar mais linhas a essa piada, esticaria demais a sequência, deixando o público impaciente para chegar logo ao desfecho.

Se quiser deixar sua marca – participe mais!
Se quiser ser visto – saia mais!
Se quiser ser ouvido – fale mais!
Se quiser ser importante – imponha mais!
Se quiser ser apreciado – cale a boca!

Não existe motivo para darmos cinco exemplos quando três resultam em toda a preparação necessária.

O elemento final, num humor com essa fórmula, pode incluir uma reversão para aumentar o seu molho.

Me pediram para ser preciso, breve e encerrar logo o discurso. Então serei o mais breve possível... não importa quanto tempo for preciso.

– Willard Pearson

A trilogia não é um mandamento, é uma fórmula (o que significa que pode ser ensinada nas escolas). Apesar de a maioria das piadas sequenciais serem mais eficazes quando contêm três elementos, o número de componentes introdutórios pode ser dois, três, quatro ou quantos forem necessários para construir a antecipação e um clímax.

Um chefe de polícia de Washington certa vez declarou que tinha enquadrado os crimes na capital dos EUA em quatro categorias: furtos, assaltos, assassinatos e atos do Congresso.

Certa vez o comediante Bill Dana explicou porque uma fazenda com onze nomes (Barra Nove, Círculo Z, O Dançante, W Voador, R Preguiçoso, 8 Maluco, Barra Sete, Noviça Voadora, Carinha Feliz, Seis Deitado e Barra Cinco) não tinha rebanho: nenhum bovino sobreviveria na hora de marcar o gado. A quantidade de itens numa série não é o fator crítico, mas sim a antecipação criada pela série.

Liguei para meu amigo Bernie, em Miami, e perguntei como ele estava se sentindo.

– Não estou bem – ele disse. – Tenho cataratas em ambos os olhos, não ouço mais quase nada, minha memória ficou tão ruim que não me lembro onde coloquei as coisas e minhas mãos tremem o tempo todo.

– Que terrível – eu disse. – Não tem nenhuma notícia boa?

– Sim. Fui ao Departamento de Trânsito e renovaram minha carteira de motorista.

Não há de ser uma surpresa que existam três regras especificamente aplicáveis ao número três. Como a tensão é importante na estrutura do humor, o triplo ajuda criá-la; mas cuidado para não exagerar.

1. Nunca use mais do que três piadas sobre o mesmo assunto num monólogo.
2. Três minutos é a duração ideal para um quadro.
3. Não inclua mais do que três temas num artigo.

É HORA DO ESPETÁCULO

O desfecho da tradicional piada da lâmpada (Quantos ______ são necessários para trocar uma lâmpada) geralmente consiste de um triplo. Mais uma vez, as primeiras e segundas respostas são apenas escadas para os terceiras. Eis alguns exemplos, baseados em estereótipos americanos.

Quantas pessoas de Nova Iorque são necessárias para trocar uma lâmpada?
Três: uma para segurar a escada, uma para enroscar a lâmpada e uma para processar a companhia elétrica por a lâmpada ter queimado.

E quantas da Virgínia?
Três: uma para segurar a escada, uma para enroscar a lâmpada e uma senhora altamente refinada para observar como a lâmpada antiga era bem mais apropriada.

E quantas do Oregon?
42: uma para segurar a escada, uma para enroscar a lâmpada e quarenta para redigir um relatório sobre o impacto ambiental.

Agora, use triplos para escrever uma piada de troca de lâmpada para cada uma das seguintes profissões. Compare os seus desfechos com aqueles listados ao final deste capítulo.

Quantos políticos são necessários para trocar uma lâmpada?
Quantos advogados?
Quantos médicos?
Quantos policiais?
Quantos mecânicos?

FAZENDO DAS TRIPLAS CORAÇÃO

Uma anedota, como vimos no capítulo sete, é um conto narrado com o mínimo de palavras. Porque, mesmo numa sequência longa de triplos, você só precisará fornecer as informações necessárias para montar o desfecho que provocará a reação do público.

Um pastor volta para casa mais cedo e pega a sua mulher totalmente nua na cama, num quarto cheio de fumaça de charuto. Olha pela janela do apartamento e, dez andares abaixo, na rua, tem um homem saindo do prédio, fumando um enorme charuto. Emputecido, ele atira seu armário pela janela, matando o homem instantaneamente.

– Por que você fez isso? – alguém gritou da rua. – Você acaba de matar o meu padre.

O pastor ficou tão arrasado que pulou pela janela, espatifando-se lá na rua.

Minutos depois três homens – um padre, um pastor e um rabino – aproximam-se dos portões celestiais e um anjo pergunta a cada um como foi que morreu.

– Não sei – disse o padre, – só me lembro de um armário caindo do céu.

O pastor disse: – Fui eu quem jogou o armário. Mas fiquei tão corroído pelo remorso que me atirei janela afora e me matei.

– E você, rabino? – disse o anjo.

– Foi uma injustiça. Eu estava cuidando da minha vida, quietinho, dentro de um armário...

O humor demanda esforços literários maiores do que os necessários para uma crônica, pois o clímax deve ser bombástico o suficiente para causar uma reação física imediata no público. Seu objetivo é contar uma anedota com o mínimo de palavras, mas às vezes a supressão delas pode diminuir o efeito. Considere o seguinte exemplo:

Três homens, com suas esposas, estavam celebrando as bodas de ouro de seus pais. Em meio ao jantar, o primeiro filho levantou-se e disse: – Papai. Mamãe. Eu teria comprado um presente para vocês, mas Suzy e eu passamos o verão na Europa, de forma que estamos meio quebrados, mas desejamos para vocês as maiores felicidades.

O segundo filho disse: – Meus queridos pais, eu também teria trazido um presente, mas acabei de comprar um colar de diamantes para Nancy e nossa grana ficou curta.

E o terceiro disse: – Meus velhos, nós compramos uma lancha, que acabou com nossa poupança, mas desejo a vocês muita saúde e muito amor nos próximos anos.

– Tudo bem, meus filhos – disse o pai. – Eu sei bem como é ficar sem dinheiro. Nunca contei isso para vocês, mas, quando nos casamos, não tínhamos um tostão. A vida era muito dura e cada um de nós teve que se virar como pôde. Chegou a um ponto em que sua mãe teve que vender o corpo para podermos sobreviver. Foi assim inclusive que custeamos o parto de vocês.

Um dos filhos explodiu: – Meu Deus, papai! Sabe o que é que nós somos?

– Sei – disse o pai – e pão-duros também.

Pode-se contar a mesma história com metade das palavras se eliminarmos o triplo.

O homem foi ao jantar das bodas de ouro dos seus pais. Lá, desculpou-se por não ter levado um presente, embora todos soubessem que vivia uma vida de luxo. O pai solidarizou-se com ele: – Sabemos bem como é isso. Quando me casei com a sua mãe, vivíamos na dureza. A gente era tão pobre que sua mãe teve que vender o seu corpo.
– Meu Deus! – diz o filho. – Sabe o que é que eu sou?
– Sei – diz o pai, – e pão-duro também.

A eliminação do triplo esvaziou o suspense e minimizou o crescendo da tensão que faz com que a réplica do pai seja tão engraçada. Não é que o segundo exemplo não seja engraçado, é que sacanear três pessoas ao mesmo tempo dá muito mais prazer.

O terceiro elemento num triplo pode também ser customizado para se adequar a um evento específico.

OS QUADROS HUMORÍSTICOS TÊM CORES CARREGADAS

Alguns humoristas são abençoados com a capacidade de pintar um quadro com palavras, levando o ouvinte, ou o leitor, a visualizar a piada. Por exemplo, o sucesso das aventuras míticas de Garrison Keillor no Lago Wobegon deve-se em grande parte ao seu frascado colorido e às suas referências vívidas. Eis as frases de abertura do seu livro *Wobegon Boy*.

Sou um homem alegre, mesmo em meio às desgraças, e tudo isso graças a uma boa mãe luterana. Quando eu era criança, se eu aparecesse emburrado ou com cara de enterro, ela falava: – O que houve? O cachorro mijou na sua torrada com canela? – E, só de pensar em nosso velho vira-lata preto levantando a própria canela para mijar em cima da minha torrada de canela, começava a rir.

O humor proporciona ao redator uma grande amplitude onde florear – até exagerar – através das imagens. Considere o seguinte triplo.

Baseado no que você conhece a respeito dele, o que você acha que Abraão Lincoln estaria fazendo, se voltasse à vida hoje? Opção A: Escrevendo suas memórias da Guerra Civil. Opção B: Aconselhando o atual presidente. Opção C: Arranhando desesperadamente o interior de seu caixão.

– David Letterman

A piada só funciona por causa da imagem provocada pela última frase: "Arranhando desesperadamente o interior de seu caixão". Se fosse usada uma frase qualquer, como "Tentando sair do seu caixão", a piada seria menos eficaz. O linguajar exuberante leva o público a visualizar a piada.

A falta de visualização em muitas piadas com jogos de palavras explica porque a reação a elas fica abaixo do entusiasmo esperado. A maior parte do humor com jogos de palavras depende inteiramente das sutilezas da linguagem para produzir a surpresa, e somente metade do cérebro (o hemisfério esquerdo) vivencia a piada. Quando imagens são incorporadas a uma piada, os dois hemisférios são estimulados e o resultado é um humor de cérebro pleno.

Uma das maneiras de intensificar a natureza visual do humor é pela especificidade. Por exemplo, o termo *barra de chocolate* tem menos probabilidades de suscitar uma relação visual do que uma referência específica, tal como uma barra de Suflair. O desafio para os redatores de humor é evitar frases gerais e abstratas e usar descrições concretas que estimulem os sentidos.

É HORA DO ESPETÁCULO

Os exercícios a seguir irão incrementar as imagens nos seus textos.

1. Recrie cada uma das seguintes expressões de maneira mais específica.

Fazer um lanche
Ver TV
Ler um livro
Dirigir um carro

2. Nas suas piadas anteriores, substitua palavras ou frases generalizantes por descrições gráficas e específicas.

3. Ao registrar acontecimentos cotidianos no seu diário humorístico, faça uso das descrições mais vívidas, coloridas e explícitas.

VARIANTES TRIPLAS: TRIPLA AÇÃO

Uma variante comum sobre a fórmula da **PAP**inha consiste em montar a piada com um triplo, ou seja, incluindo o triplo no primeiro P (preparação) e não na parte A (antecipação). O segundo elemento da piada refere-se, então, a algo que não esteja relacionado ao triplo. Finalmente, no desfecho, a resposta à pergunta volta a fazer referência ao triplo na preparação. Quando se aprende essa fórmula, as variantes multiplicar-se-ão.

GARÇONETE, ROUCA: Para sobremesa temos sorvete de baunilha, de chocolate e de morango.
FREGUÊS: Você tem laringite?
GARÇONETE: Não, temos baunilha, chocolate e morango.

Os triplos podem ser combinados facilmente com outras fórmulas humorísticas. Por exemplo, pode-se começar com um triplo e acrescentar um arremate.

O problema de ser professor é que se você consegue que um aluno seja bem sucedido, se consegue fazer que um aluno veja a luz, se consegue deixar um aluno pronto para o mundo lá fora, ainda estará lidando com 19 fracassos.

– Mel Helitzer

O problema de ser humorista é que se você consegue ao menos uma gargalhada, se consegue ao menos um sorriso, se consegue fazer ao menos uma pessoa feliz, então você sabe que sua apresentação é uma porcaria!

– Gene Perret

Outra combinação de técnicas muito popular é abrir a piada com um triplo e depois passar para uma reversão, que poderá suplementar ou substituir o terceiro elemento do triplo.

Mais do que em qualquer outra época da história, a humanidade está diante de uma encruzilhada: um caminho leva ao desespero, ao desamparo e à desesperança, o outro à extinção total. Vamos torcer para que tenhamos a sabedoria de fazer a escolha correta.

– Woody Allen

Homem jovem é que é bom! Gozam logo e em seguida dormem, mas fazem isso todas as noites.

– Roseanne Barr

Gostaria de apresentar um homem com muito charme, talento e humor. Infelizmente, ele não pode estar aqui hoje, então, ao invés disso...

Alguém viu *Sem Limite* ontem na TV? Que roteiro! Que drama! Que bons atores! Não tinha nada disso...

Tive um pesadelo em que estava preso num elevador com Yanni, Kenny G. e Michael Bolton.... e minha arma só tinha uma bala.

– Dave Attell

A família de minha esposa era de três irmãos e um cachorro: João, José, Joaquim e Totó. José era o cachorro.

Pode-se também combinar mais de um triplo.

Minhas regras de namoro: não quero ouvir falar de seu carro, não quero ouvir falar de sua ex-namorada, não quero ouvir falar da merda do seu emprego. A coisa mais romântica que você pode fazer é pagar pelas minhas bebidas e calar a boca.

– Wanda Sykes

Triplos podem ser usados também para dar mais sabor a um texto de humor. Reforçando uma primeira piada com dois comentários adicionais incentiva o público a rir, ao invés de perguntar *É só isso?*

Existem três maneiras de desgraçar a sua vida. A primeira é pela putaria, a segunda pela jogatina e a terceira por contar piadas. A putaria é a mais divertida, a jogatina a mais excitante, mas sendo humorista é tiro e queda.

– Paul Roth

Os triplos também podem ser usados em *shows* ao vivo. Bob Nelson executa um triplo visual durante seu monólogo sobre jogadores de futebol americano sendo entrevistados. Coloca dois balões dentro de um suéter largo, para indicar as ombreiras, mas, enquanto enfia-os sob o suéter, preenche o tempo com um triplo visual: primeiro posiciona os balões na parte inferior do suéter e coloca-os lado a lado. – Quer ver minha vó? – pergunta. Depois leva os balões à parte superior do suéter e diz: – Essa é a garota dos meus sonhos. Em seguida afasta os balões, um para cada lado do suéter, e diz: – A garota dos meus sonhos deitada. Finalmente, ajeita-os sobre os ombros para o jogador ser entrevistado.

Isso é chamado de "uma piada a caminho de ser uma piada" porque o triplo é usado para incrementar um tempo morto, enquanto ele troca os acessórios de lugar. A não ser nas pausas intencionais, o silêncio é o inimigo mortal dos comediantes.

É HORA DO ESPETÁCULO

Como em qualquer formato de piada, um triplo precisa ser arrematado com um clímax surpreendente e audacioso. Escreva uma conclusão inesperada para cada uma das piadas a seguir. Compare suas respostas às versões dos profissionais na página seguinte.

Alguém pesquisou quais são as três frases mais ouvidas em Nova Iorque. Uma é "Táxi, táxi!". Outra é "Que trem eu pego para ir ao Bloomingdale´s?". E a terceira é...

Gosto da Flórida: a temperatura é alta, a média de idade é alta e...

Os homens devem ser como os lenços de papel: fortes, suaves e...

Fazer amor com uma mulher é como comprar um imóvel...

UM GABARITO DE GABARITO

Eis alguns desfechos possíveis para as piadas de lâmpada na página 157.

Quantos políticos são necessários para trocar uma lâmpada?
36: Dois para encaminharem a proposta, 33 pra dar quórum, e um para fazer a troca.

Quantos advogados?
Três: um para trocar a lâmpada, um para chamar o eletricista que instalou a fiação na casa e um para processar a fornecedora elétrica por causar o surto de energia que queimou a lâmpada.

Quantos médicos?
Três: um para encontrar um especialista em lâmpadas, um para encontrar um especialista na instalação de lâmpadas e um para preencher os papéis do plano de saúde.

Quantos policiais?
Seis: um para enroscar a lâmpada nova, quatro para cobrir a lâmpada de porrada e um para armar o flagrante.

Quantos mecânicos?
Seis: um para dar o orçamento, um para enfiar a lâmpada na base de marteladas e quatro para saírem e comprarem mais lâmpadas.

Eis as conclusões dos profissionais para os triplos da página anterior.

Alguém pesquisou quais são as três frases mais ouvidas em Nova Iorque. Uma é "Táxi, táxi!". Outra é "Que trem eu pego para ir ao Bloomingdale´s?". E a terceira é "Não se preocupe, a bala pegou de raspão".

– David Letterman

Gosto da Flórida: a temperatura é alta, a média de idade é alta e os QIs são baixos.

– George Carlin

Os homens devem ser como os lenços de papel: fortes, suaves e descartáveis.

– Cher

Fazer amor com uma mulher é como comprar um imóvel: locação, locação, locação.

– Carol Leifer

CAPÍTULO 10
Realismo, exagero e atenuação

> Quando algo é engraçado, procure pela verdade oculta.
>
> **– George Bernard Shaw**

O texto humorístico sempre passa a ideia de que foi escrito livremente, mas, para um ouvido treinado, sua estrutura fica aparente e, às vezes, pode ser até previsível. O momento em que essa estrutura fica mais evidente é na interação entre realismo e exagero, dois dos seis ingredientes na fórmula dos "TRÊS" (hostilidade, exagero, alvo, realismo, emoção e surpresa). No humor, todos esses elementos se equilibram, como pesos iguais em uma balança. Às vezes a balança pende para algum dos lados, mas a variação é sempre pequena... e isso não é exagero.

> A cada ano que passava, meu pai ia subindo a cintura das calças. Aos 65 anos era apenas uma calça e uma cabeça.
>
> **– Jeff Altman**

Na piada acima, o elemento realista é a cintura cada vez mais alta do pai. O exagero é ela subir a tal ponto que chega à sua cabeça. O realismo é essencial para o público compartilhar a bronca em relação a um alvo em comum. Do outro lado da balança, os fatos e as conclusões são exagerados para criar tensão e surpresa. Esse é um recurso habitual do teatro, uma licença dramática que interpreta os objetos e os acontecimentos como sendo maiores do que na realidade.

A VALORIZAÇÃO DO REAL

O realismo foi a grande razão do sucesso de *sitcoms* clássicos, como Tudo em família (*All in the Family)* e *The Cosby Show.* Quanto mais realista é a peça de humor mais o público se identifica com ela. - Minha única regra é ser verdadeiro, ao invés de engraçado - disse Bill Cosby.

Minha maneira de fazer piadas é contar a verdade. É a piada mais engraçada do mundo.

– George Bernard Shaw

A verdade (realismo) envolve o público, e todos querem saber as últimas novidades. Podemos perceber isso observando a publicidade (onde as palavras mais influentes são *grátis, liquidação* e *novo).* Damos mais atenção ao noticiário quando ele nos afeta diretamente. A chave é lembrar que uma premissa precisa ser verdadeira e interessante para *nós*, o público, e não para *você*, o redator. Lembre-se de como você fica entediado quando as pessoas falam sem parar sobre seus problemas profissionais ou domésticos. A frase clássica é:

Chato é aquele cara que, você encontra na rua e, quando pergunta "E aí, como vão as coisas?", ele para e conta.

Metade das pessoas não está interessada nos seus problemas e a outra metade já está satisfeita por você estar recebendo o que merece. Há que evitar que o público reaja da mesma forma às suas piadas.

Um freguês num bar falava com o homem sentado a seu lado. – Estranho, não é? Normalmente, sou uma pessoa que se importa com os outros, mas no seu caso, por algum motivo, estou pouco me lixando.

A importância do realismo pode parecer contrária à nossa compreensão de que o humor é fictício. Mas para as pessoas se importarem com o humor, ele precisa conter algum elemento de verdade. Se todos souberem, desde o início da piada, que "qualquer semelhança com pessoas, vivas ou mortas, é mera coincidência", não darão impor tância e não irão rir dela.

Conheço um homem que, quando era bebê e seus dentes estavam nascendo, mordia blocos com letras. Só parou quando fez 15 anos.

A história é bem simples. Temos a realidade: Quando os dentes dos bebês estão nascendo, precisam morder alguma coisa e pode bem ser um daqueles blocos com letras; Temos o exagero: continuar fazendo isto até os 15 anos. Sorrimos com o insulto, mas não há uma grande gargalhada, pois ninguém se importa com "um homem".

Contudo, se encontrarmos alguém cuja imagem pública indica capacidades intelectuais limitadas e se ela for uma autoridade ou uma celebridade que nos irrita, então incluir o seu nome na história enfatizará o realismo e dará ao público algo em que focar o seu riso. Lembre-se de que um bom humor inclui um alvo forte para a hostilidade do público.

A mãe de Sylvester Stallone conta que ele aprendeu a ler mordendo uma série de blocos com letras e que, desde então, tem engolido as palavras.

Estamos tão influenciados pela hipérbole da mídia, do teatro e da publicidade, que caímos no hábito de crer que certos eventos e celebridades especiais sejam extraordinários. A postura inflada pelos especialistas em publicidade é o balão que os humoristas almejam estourar.

A CONSTRUÇÃO DO EXAGERO: A TEORIA DO ELÁSTICO

Os britânicos acreditam que as pessoas das classes inferiores exageram "para mais" e que os das classes superiores exageram "para menos". Os redatores de humor não têm classe, exageram para todos os lados. O exagero é a massa de modelar da redação de humor; você começa com uma situação realista e aí torce e distorce, visando efeitos cômicos. Essa é uma das ferramentas mais fáceis e mais eficazes da comédia e é usada em todos os tipos de humor: cartunistas ampliam as características físicas, imitadores exageram maneirismos nas falas e comediantes floreiam nas palavras.

O humor eficaz baseia-se na verdade, de modo que a chave para maximizar o potencial da comédia é atingir um equilíbrio entre realismo e exagero. Há sempre o risco de ocorrer distorção demais. O público deve compreender a conexão entre a verdade e o exagero.

Já falei isso mais de mil vezes: não exagere.

O humor vem do inesperado: sem surpresa não há risos. Num triplo (como discutimos no capítulo nove) as duas primeiras frases normalmente são sérias: este é o elemento realista. Somente na terceira frase há a guinada surpreendente, relacionada logicamente às duas primeiras, mas inesperada e exagerada. O realismo prepara a piada; o exagero é engraçado. – Estabeleça primeiro os fatos – escreveu Mark Twain – e depois você pode distorcê-los o quanto quiser.

O processo de refinar a relação entre o exagero e o realismo no humor pode ser comparado a um elástico: quanto mais se estica, mais útil é... Imagine que, antes de ser esticado, o elástico seja o realismo e o exagero seja a força que o faz esticar.

Quando o elástico é esticado ao máximo de sua capacidade, várias coisas acontecem simultaneamente.

1. Esticar altera o formato do elástico; o exagero altera a percepção da realidade.
2. O elástico pode ser esticado um pouco (atenuando) ou muito (exagerando).
3. Assim como a tensão aumenta num elástico quando é esticado, o exagero aumenta a tensão na plateia... até o ponto de ruptura.
4. Quando se tange um elástico, ele emite um som. O timbre desse som fica mais agudo à medida que se estica mais o elástico. Esse som pode ser comparado à emoção da plateia: quanto mais você estica o elástico, mais agudo o nível de emoção na plateia.

Encontrar o devido equilíbrio entre o realismo e o exagero é o teste máximo da habilidade de um redator de humor. O humor somente advém quando o exagero segue uma lógica. Ser simplesmente ridículo ou audacioso não é uma habilidade, é ser amador.

O redator de humor sempre começa usando um pouco de realismo, depois tenta determinar o quanto a verdade pode ser exagerada sem destruir sua credibilidade. Uma maneira de fazer isso é criar classificações para suas piadas: *bom, melhor* e *excelente.* Uma história sobre um prisioneiro que chama seu companheiro de *colega de cela* é *bom,* mas chamá-lo de *colega de quarto* é *melhor*, e chamá-lo de *colega de suite* é *excelente.*

O realismo muitas vezes é mais engraçado quando é exagerado à sua possibilidade mais extrema. Na matemática, 1 +1 = 2. No humor, 1 +1 = 11. O exagero pode funcionar tanto para mais (hipérbole) quanto para menos (atenuação). Eis exemplos de ambos os casos.

EXAGERO PARA MAIS

Presidente da empresa para a diretoria: Então é isto, senhores. O potencial de lucro é imenso, mas os riscos de perdas vão de quatro a vinte anos de cadeia.

– Robert Mankoff

O espantalho assustou tanto os corvos que trouxeram de volta o milho que tinham roubado em outras duas colheitas.

– Fred Allen

EXAGERO PARA MENOS

Tenho meus padrões. São baixos, mas são os meus padrões.

– Bette Midler

Tenho baixa autoestima. Quando vou para cama com alguém, fantasio que sou outra pessoa.

– Richard Lewis

Até onde pode chegar o exagero? Geralmente, quanto mais o desfecho exagerar o realismo da introdução, melhor o resultado.

Bebo para tornar as outras pessoas interessantes.

– George Jean Nathan

Sou judia. Não malho. Se Deus quisesse que a gente tocasse o chão com os dedos, teria espalhado diamantes no assoalho.

– Joan Rivers

Não há nada aleatório nas revistas aleatórias dos aeroportos. Você chega no portão de embarque e eles estão ali parados com uma escala de cores na mão. Se sua pele é mais escura do que a cor cáqui, vai ser revistado.

– Wanda Sykes

O exagero parece óbvio, mas não é fácil. Muitos dos comediantes novatos de *stand-up* têm problemas com isso. Começam com alguma premissa realista (como a maneira que as mulheres se vestem, manias de bêbados, formas de se livrar de um policial ou *slogans* publicitários), mas aí engatam uma quinta marcha numa exibição desvairada de fantasias ridículas, que não estão bem conectadas à premissa inicial. Seu material tem um índice de sucesso de cerca de 20% a 25%, porque cometem exatamente o mesmo erro: rompem o equilíbrio entre realismo e exagero.

APERTANDO O BOTÃO DAS PIADAS

Três critérios determinam se uma premissa prepara adequadamente uma piada: realidade, emoção e clareza. Os três fatores formam a sigla REC. Apertar o botão REC fará com que sua piada fique bem gravada na memória do seu público. Esses critérios contêm os seguintes elementos:

R = REALIDADE. É a base do humor. Se o início de uma piada for exagerado, insincero ou mentiroso, perde-se a capacidade de distorcer a realidade a fim de produzir a surpresa final.

E = EMOÇÃO. Uma piada sólida inclui uma declaração, opinião ou observação concreta, expressa através de uma emoção declarada ou implícita. Essa emoção geralmente é a raiva ou a hostilidade provocada pela estupidez, pelo absurdo ou pela estranheza da premissa.

C = CLAREZA. Uma premissa eficaz tem que ser precisa e de compreensão imediata.

Os exercícios a seguir podem ajudar a identificar alvos de amplo apelo e premissas que criarão um botão REC para as suas piadas.

- Anteriormente, você identificou as maneiras pelas quais cada um de seus alvos provoca raiva, frustração ou irritação. Releia cada declaração dessas para determinar se é autêntica, verdadeira e baseada na realidade. Se a premissa for exagerada, insincera ou faltar com a verdade, reescreva-a ou descarte-a.

- Para cada premissa verdadeira, determine se ela é clara e precisa. Considere também se ela terá um apelo para as outras pessoas. Reescreva o que for necessário.

- Neste ponto, você terá uma lista de premissas REC, que serão recordadas por seu público como sendo boas piadas. No segundo volume deste livro, explicaremos como inserir suas premissas em diversas fórmulas de piadas.

HUMOR REALISTA VS. IRREALISTA

Se existe algo instintivo na redação de humor é a capacidade de determinar a medida certa entre a realidade e a distorção. É o mesmo instinto que editores jornalísticos usam diariamente para determinar o que é ou não notícia. Eles sabem de cara!

> No mundo do entretenimento a palavra-chave é sinceridade. E quando aprender a fingir sinceridade, você está feito.
>
> **– George Burns**

Muitos acreditam que o humor fracassado seja muitas vezes o resultado do excesso de exagero. Não é verdade. Na maioria das vezes é o resultado de pouco realismo.

Eis um exemplo de humor irreal. Não significa que não seja engraçado; significa que o apresentador terá que trabalhar muito mais do que se tivesse usado mais realismo:

Tommy chegou da escola arrasado. – Tive um dia horrível – disse à mãe. – Não consegui me lembrar de uma resposta e passei a maior vergonha.
– Esquecer uma resposta não é motivo de vergonha – disse a mãe.
E o menino gritou: – Na hora da chamada?

– Dick Shebelski

Os próximos exemplos são mais realistas:

– Meu feriadão foi horrível. Expulsaram minha família do hotel porque eu estava mijando na piscina.
– Mas por que fizeram isso? Muitos garotos mijam na piscina.
– Do décimo quarto andar?

O aborígene comentou: – Gostaria de ter um bumerangue novo, mas não consigo me livrar do velho.

Beber até cair no chão não significa que você esteja bêbado. Bêbado é quando você tem que segurar no chão para não cair.

– Dean Martin

Nem minha filha me respeita mais. Coloquei-a debaixo das cobertas e, quando fui dar um beijinho de boa-noite, ela disse: – Hoje não, papai, estou com dor de cabeça.

– Rodney Dangerfield.

Quando o sentido perde os sentidos

A transformação do realismo em exagero é mais fácil de entender se pensarmos nela como uma transição de algo que faça sentido para algo sem sentido. Exagerar é florear aquilo que você viu ou ouviu. É quase instintivo. Quando crianças, aprendemos que para conseguir atenção temos que exagerar. Também aprendemos que podemos nos dar mal com isso. Mas, se contássemos as mentiras na forma de piadas, não seríamos castigados e ainda faríamos sucesso.

No ginásio, eu fazia tanto sucesso com minhas palhaçadas e imitações exageradas que o professor cobrava quatro dólares de *couvert* artístico, com consumação mínima de duas bebidas.

– Billy Crystal

Cada episódio de *I Love Lucy* começava com uma premissa lógica, tal como o desejo de Lucy de ser uma cantora na banda de Ricky, ou as suspeitas delas de que ele pudesse estar galinhando. Somente após um alicerce plausível ter sido estabelecido é que se introduzia o elemento do absurdo. O exagero então continuava a inflar o enredo até o inevitável clímax de pastelão.

Já que a comédia encoraja o público a sustar sua descrença, os humoristas podem tirar vantagem de cada oportunidade para esticar a verdade. Em outras circunstancias, um exagero absoluto seria classificado como mentira. No humor, o exagero engenhoso garante os risos.

Não são só as autoridades que usam números exagerados

A matemática é lógica. Mas, quando há um lapso envolvendo números, é hilariante.

> Se eu viver até os 100 anos estou feito, pois raramente se lê o obituário de alguém que tenha mais de 100 anos.
>
> **– George Burns**

Números exagerados são aceitos como parte da redação de humor. Assinalam ao público que estão ouvindo algo fictício, que a graça do roteiro tem a intenção de chocar, além de surpreender.

> Um homem que estava de mudança foi à Secretaria de saúde e pediu duas mil baratas. Disse que havia prometido ao dono do apartamento que o deixaria no mesmo estado em que o encontrou.

O exagero é óbvio. Será que 50 baratas já não seriam suficientes? Embora essa quantidade fosse mais realista, a imagem mental de duas mil baratas é mais gráfica. Por outro lado, que tal 50 mil baratas? Pode-se argumentar que um número tão avassalador criaria uma imagem vinda diretamente da câmera dos horrores de Hollywood e distrairia a atenção da piada. O número 2 mil é fácil de dizer (comparado com 2 mil e 500) e fácil de lembrar. Parece certo.

Por alguma razão, 59 soa maior do que 60, 69 soa maior do que 70 e 79 soa maior do que 80... Isso talvez aconteça porque o número nove seja o maior numeral possível no sistema decimal (antes de voltar ao zero), e isto pode ser enfatizado durante uma apresentação. Ao incluir um número numa piada de idoso, prefira 79 a 80.

Um homem idoso, sentado na sala de espera de um consultório, pega um exemplar do *Jornal da Associação Médica Americana*. Ali, ele lê sobre a pesquisa que concluiu que os jovens que se masturbam frequentemente, quando novos, têm menos problemas de próstata na terceira idade. O homem atira a revista sobre a mesa e grita: – Legal, hein! Estou com 79 anos e agora é que me contam!

É HORA DO ESPETÁCULO

A escolha do melhor número para uma piada específica é a habilidade básica. Teste a sua. Cada uma das piadas abaixo usa um número como elemento surpresa. Depois de ler cada uma, escolha alguns números, do mais alto concebível ao mais baixo. Veja se a graça da piada pode ser reforçada por alterar o número de alguma maneira.

O homem fala em média 25 mil palavras por dia. A mulher fala em média 30 mil palavras por dia. Infelizmente, quando chego em casa à noite, já falei minhas 25 mil, mas minha mulher só começa a falar as dela quando vamos para a cama.

– Michael Collins.

Um vendedor de cachorro-quente chegou em casa ao fim do dia com mais de mil dólares. – Onde você conseguiu tanto dinheiro? – perguntou a esposa.
– Vendendo cachorro-quente por 50 vezes o preço normal.
– Quem toparia uma coisa dessas? – perguntou a esposa.
– Muita gente. E todos trabalham no Pentágono.

– National Enquirer

Um editor de jornal estava sendo homenageado pelo governador, num jantar de gala, por ser um dos grandes líderes de sua comunidade. Embriagado de orgulho, perguntou para a esposa, ao voltarem para casa: – Quantos grandes líderes será que tem a nossa cidade?
A esposa disse: – Um a menos do que você pensa.

ATENUAÇÃO

O humor sutil não é subestimado, é apenas atenuado. A atenuação é um recurso eficaz no humor, porque encoraja a participação do público. Um dos maiores praticantes desse tipo de recurso é Woody Allen, cujo humor foi influenciado por S. J. Perelman, um mestre nessa arte. As atenuações de Allen começam de maneira bastante realista e frequentemente acabam sendo disparates.

> Se existe um Deus, por que há coisas como a fome e os programas que passam de tarde na TV?
>
> Eu realmente não acredito em vida após a morte, mas vou levar uma cueca extra.

A atenuação é uma técnica excelente para o humor autodepreciativo. A plateia sente-se mais confortável com pessoas que tenham uma atitude modesta para com suas próprias realizações.

> As pessoas sempre me perguntam se tenho medo do palco. Pode ter certeza, não é do palco que tenho medo, é a plateia que me apavora.
>
> **– Robert Orben**
>
> Pai exaurido, ao chegar em casa para sua esposa e seus cinco filhos: – Tive um dia difícil, querida. Me diz o nome de todo mundo de novo.
>
> EDITOR PARA JORNALISTA – Até que esta matéria não está mal.
> JORNALISTA: Puxa, pensei que estava até boa.
>
> **– Fred Allen**
>
> A esta altura não estou mais buscando um relacionamento bem-sucedido. Só estou procurando algo que me impeça de me atirar na frente de um ônibus. Estou mantendo minhas expectativas muito, muito baixas. Em suma, se for mamífero, já está valendo.
>
> **– Janeane Garofalo**

Não são só as autoridades que usam números atenuados

Números atenuados são tão eficazes quanto números exagerados.

Quando perguntaram a Harold Ross, editor da *New Yorker,* por que ele publicava os cartuns de James Thurber, um ilustrador de quinta categoria, Ross disse: – Não acho que ele seja de quinta categoria... no máximo é de segunda!

Como na maioria das piadas, a pausa antes da surpresa cria a tensão com eficácia. Quando um repórter perguntou ao comediante David Brenner o que pensava da reforma de uma casa noturna, ele respondeu: – Ficou bonita, impressionante. Devem ter colocado uns 350... dólares nessa reforma.

Apresentador de TV para o entrevistado monótono: – Bem, nós poderíamos continuar conversando por segundos!

EXAGEROS PARA CIMA E PARA BAIXO nO PALCO

Jerry Seinfeld e Ellen DeGeneres, ambos, combinam um humor baseado em observações com atenuações e hipérboles. Eis alguns dos exageros para mais e para menos de DeGeneres.

Nos anos 60 os alucinógenos eram um grande barato. E não acho que seja coincidência que a gente tivesse aqueles programas de TV tipo "A Noviça Voadora".

A gente sempre sabe quando um relacionamento acabou. Você começa a ficar irritado com coisinhas pequenas: – Pode parar com isso? Inspirando ar, expirando ar, é tão repetitivo!

Acabei de saber que os pinguins são monógamos durante toda a vida, o que realmente não me surpreende muito, pois todos são parecidos. É difícil um pinguim pensar em encontrar algum dia outro mais bonito.

Quando num restaurante, "mesa para um" raramente é motivo de comemoração.

Quando ela me convidou para um lugar de pegação, eu me animei. Mal sabia eu que o programa era num zoológico infantil, onde as pessoas podem pegar os animais no colo.

Eis alguns dos exageros de Seinfeld.

Um encontro na verdade não passa de uma entrevista de emprego que dura a noite toda. A única diferença é que não existem muitas entrevistas de emprego com chances de você acabar pelado.

Agora mostram na TV como os detergentes tiram manchas de sangue, uma imagem bastante violenta, não é? Eu penso que, se você tiver uma camiseta coberta de manchas de sangue, pode ser que lavar mais branco não seja seu maior problema. Talvez você devesse se livrar do corpo antes de lavar a roupa.

É HORA DO ESPETÁCULO

Tanto o exagero quanto a atenuação distorcem atributos, comportamentos ou experiências pessoais. Escreva uma conclusão exagerada, para mais ou para menos, para as seguintes introduções e compare suas respostas com as versões dos profissionais, ao final do capítulo.

Meu pai era tão pão-duro que...
Minha cidade era tão pequena...
Minha infância foi tão miserável...
Pinto tanto o meu cabelo...
De tanto fazer sexo pela internet...
Já fui a tantos encontros às cegas...

HUMOR NA CORDA BAMBA: O EQUILÍBRIO ENTRE REALISMO E EXAGERO

Como um exercício de equilíbrio entre o realismo e o exagero, comece com um incidente que realmente aconteceu e faça com que fique maior do que a realidade. Mas cuidado: *ultrajante* não quer dizer *criativo.*

Considere esta descrição feita pelo crítico Laurence Shames, do esquete "*Silly Walk*" de Monty Python, no qual John Cleese interpreta um inglês comum a caminho do trabalho numa repartição pública:

De terno e chapéu, portando maleta e bengala, o praticante do Andar Idiota condiz impecavelmente com o estereótipo do funcionário público. Entretanto, há algo muito errado na maneira dele andar. Subitamente precipita-se, de sua enorme altura, como alguma ave primeva, desprovida de penas; agora se esquiva, sua espinha se contorce, seus pés executam um deslizado sem sair do lugar; agora seus joelhos arreiam de modo que, como um gorila, suas mãos quase se arrastam no chão. Até agora, tudo bem: em termos de graça totalmente física, o esquete é de um virtuosismo tal que leva quem o vê a rolar no chão de tanto rir. Mas é o semblante do Andar Idiota que leva o espectador a nocaute. Inexpressivo, implacável, um janota. O sujeito é um britânico de respeito indo para seu trabalho perfeitamente aceitável, e nunca em zilhões de anos lhe ocorreria que é ridículo.

Os exemplos a seguir contêm um bom equilíbrio entre realismo e exagero para reforçar a surpresa. Examine-os cuidadosamente e observe a fórmula: uma frase realista é seguida por uma sequência exagerada como arremate. Mas ao usar essa fórmula tome cuidado para não sobrecarregar os elementos:

Professor para classe: Bom dia, alunos. E para vocês que estão cheirados, boa tarde!

– Mel Helitzer

Na minha idade, trepar é sensacional. Especialmente aquela vez no inverno.

– Milton Berle

No exemplo a seguir o exagero ocorre na introdução.

Um garçom, com o uniforme rasgado em tiras, as mãos lanhadas e sangrando, aproxima-se dos fregueses sentados à mesa. – Desculpe incomodá-los, senhores, mas poderiam, por favor, selecionar outra lagosta de nosso aquário?

– Arnie Levin

Muitos adultos têm sentimentos ambivalentes em relação a levar seus pais idosos para suas casas, a fim de cuidar deles. A sensação de culpa que sobrevém quando o conforto pessoal se interpõe em meio ao amor e ao carinho, possui todos os elementos para um humor realista.

Esposa: Aqueles anos todos de Exército deixaram seu pai meio gagá, né? Não pode ver um soldado que bate incontinência.

Filho para o pai idoso: Ei, paizão, vamos ter visita hoje. Você se importa de ficar lá na garagem?

Uma das modalidades humorísticas que mantém o realismo junto com o humor exagerado ocorre na crítica teatral e cinematográfica. Os críticos são compelidos a usarem seu humor afiado como navalha para retalharem as obras dos outros. Todos os compêndios de humor incluem trechos de críticas.

Quando o Sr. Wilbur deu à sua peça o título de *A meio caminho do inferno* ele subestimou a distância.

– Brooks Atkinson

Na apresentação de *Rei Lear* ontem à noite, o ator principal interpretou o rei como se tomado por uma apreensão momentânea de que alguém estivesse prestes a jogar um ás.

– Eugene Field

Li numa crítica do filme *Sansão e* Dalila, de Cecil B. DeMille: Vi o filme. Adorei o livro.

– John Steinbeck

É HORA DO ESPETÁCULO

Escreva uma descrição exagerada, seja para mais ou para menos, de alguém que você conheça. Concentre-se nas características mais salientes da pessoa, distorcendo cada uma a ponto de chegar ao absurdo.

Reescreva uma anedota favorita usando o exagero. Ao escrever, tente entrar num estado como o de um sonho, em que a realidade se mescle à fantasia. A história resultante será implausível, mas a ideia é entrar em contato com o potencial pleno de sua imaginação cômica.

Whose Line Is It Anyway? é um programa de TV cuja atração é a capacidade de improvisação de quatro humoristas. Uma atração costumeira requer que o apresentador crie novas utilidades para diversos itens do dia a dia. Você pode fazer o mesmo, imaginando usos criativos e inventivos para vários itens na sua casa. Ao fazer isto, mantenha um clima infantil, brincalhão, que incite uma imaginação exagerada.

Escolha alguém que você conheça e escreva uma série de *punchlines* exagerados e atenuados sobre aquela pessoa, usando os seguintes pares de antônimos: *gordo/magro, bagunceiro/organizado, pão-duro/esbanjador, pobre/rico* e *burro/inteligente*. Por exemplo: *Meu pai é tão organizado que...* e *Meu pai é tão bagunceiro que...*

UM GABARITO DE GABARITO

Eis as piadas exageradas pelos profissionais que publicamos na página 178.

Meu pai era tão pão-duro que sempre passávamos o *réveillon* num lugar diferente. Assim podíamos aproveitar a mesma roupa dos anos anteriores.

– A. J. Jamal

Minha cidade era tão pequena que dava para jogar Banco Imobiliário na rua, sem tabuleiro.

– Jean Young

Minha infância foi tão miserável que eu queria enfiar a cabeça no meu forninho de brinquedo.

– Mary O´Halloran

Pinto tanto o meu cabelo que minha carteira de identidade vem com uma palheta de cores.

– Nancy Mura

De tanto fazer sexo pela internet, não posso clicar num *mouse* que fico cheia de tesão.

– Paulara Hawkins

Já fui a tantos encontros às cegas que eu merecia um cão-guia.

– Wendy Liebman

CAPÍTULO 11
Palavras engraçadas e palavras cabeludas

Em sua peça *The Sunshine Boys*, Neil Simon escreve sobre palavras engraçadas. Um dos personagens principais, Willy, diz para seu sobrinho:

> Cinquenta e sete anos nesse ramo de negócios, você aprende algumas coisas. Sabe o que faz uma plateia rir. Sabe quais palavras são engraçadas e quais não são. Alka Seltzer é engraçado. Se disser Alka Seltzer, é riso na certa... Palavras com o som de "K" nelas são engraçadas. Casey Stengel, isso é um nome engraçado. Robert Taylor não é engraçado. Quiabo é engraçado. Vagem não é engraçado. Costeleta é engraçado. Panqueca é engraçado. Furreca. Cleveland... Cleveland é engraçado. Maryland não é engraçado. Daí, tem pipoca. Pipoca é engraçado. Cambeta é engraçado.

Mel Brooks concorda. Existem valores fonéticos em certas palavras que são praticamente garantia de riso. – Ao invés de dizer salmão, camarão tem um som mais engraçado. Ajuda.

Por que o som de "k" é engraçado? As pesquisas indicam que as pessoas associam esse som ao ruído do riso. Tem também um som ousado. Pense na quantidade de palavras que usamos para designar elementos sexuais dos nossos corpos e irá perceber que muitos delas começam com o som de "k". Por exemplo: *cacete, caralho, cu, culhão, cabaço, cona*... E tem também as palavras sujas como *cocô e cagão*. Nenhum outro som tem tanta pegada humorística. *Vá tomar no fiofó* não tem o impacto de *Vá tomar no cu.*

Existem milhares de palavras engraçadas que dão partida ao motor do riso. Enquanto que no humor a maioria das palavras-chaves vem no fim da frase, palavras que soam engraçadas funcionam melhor no meio de uma piada e são frequentemente usados em conjuntos, tais como, por exemplo, listas de nomes, alimentos ou atividades físicas.

Todos os redatores têm suas palavras-chave favoritas, e têm ciúme delas, a ponto mesmo de ficarem possessos quando outra pessoa faz uso delas. Felizmente, essas palavras não são propriedade privada.

> A única maneira de pagar tantos impostos é cagar tanto dinheiro.
>
> **– Robert Orben**

AS VELAS DE IGNIÇÃO DO HUMOR

Para ser categorizada como engraçada, uma palavra precisa ter pelo menos uma dessas três características: som engraçado, duplo sentido ou associação com uma pessoa famosa. O mesmo vale para nomes engraçados.

1. PRECISA TER UM SOM ENGRAÇADO. Os personagens de Jonathan Winters têm nomes como Granny Frickert, Melvin Gohard, Lamargene Gumbody e Elwood P. Suggins. Outros nomes engraçados são Faith Popcorn, Hortense Powdermarker e Daphne Kugelmass.*

S. J. Perelman, o mestre das alcunhas humorísticas, inventou o Professor Mollet Thong, Ernest Void, Irma Voltaire, a Companhia de Seguros Flagelação, e o Pub Cutelos & Crepes. Sua versão de *A Bela Adormecida* começa com "Era uma vez um rei e uma rainha chamados Morton Steinberg e sua esposa Fanny... Decidiram que, se algum dia tivessem uma criança, seu nome seria Shirley, mesmo se fosse menino". Neste caso, os nomes em si não são engraçados, mas sua associação com a realeza dos contos de fada é.

Seria apenas uma coincidência que Jacob Cohen começou primeiro com o nome artístico de Jack Roy, mas só ganhou fama e respeito depois de mudar seu nome para Rodney Dangerfield? Ou que os es-

* N.T.: Os nomes dos personagens, ao pé da letra, são, respectivamente: Vovó Despirocada, Melvin Daduro, Lamargene Corpo de Chiclete, Elmadeira P. Sugando, Fé Pipoca, Hortência Fabricante de Pólvora e Dafne Massa de Pudim de Batata.

quetes dos Irmãos Marx decolaram quando Julius tornou-se Groucho e seus irmãos Leonard e Adolph tornaram-se Chico e Harpo?

O nome verdadeiro de Zero Mostel era Sam. Disse que o mudou para Zero para que pudesse criar algo a partir do nada.

2. PRECISA TER UM DUPLO SENTIDO. É difícil esquecer um nome como John Dough.* E é fácil compreender uma caracterização quando um personagem tem um nome como Lionel Bedwetter ou Sandor Needleman.

Como crianças, nosso primeiro exercício no humor de homônimos consiste em inventar títulos de livros que combinem com autores de nomes sacanas.

Riacho amarelo por Tomij Hando Narrua
O roupão aberto por Miro Pentejos
Minha vida como prostituta por Élada Thudo
Casamento anulado por De Sculpy Sogay
O circuncisado por Cortax Apeleta

3. PRECISA SER O NOME DE UMA PESSOA DE FAMA... OU INFAME. As atividades dessa pessoa devem ser bem conhecidas e devem provocar sentimentos de hostilidade, ridículo ou menosprezo (mesmo se não tivermos realmente razão de expressarmos esses sentimentos). Tão logo certos nomes entram nas manchetes (Berlusconi, Saddam, Osama) vão também para o topo das paradas do humor. Velhas piadas com novos nomes!

Pelo menos uma dessas três mesmas qualificações deve se aplicar a todas as palavras engraçadas. Eis alguns exemplos, listados pelas categorias mais populares.

Nomes

Cada grupo étnico tem nomes que provocam um sorriso. Um dos melhores exemplos recentes é Tony Soprano. Eis alguns outros exemplos para diversos grupos étnicos.

* N.T.: John Dough, além de ser traduzível como João Grana, é um trocadilho com John Doe, nome que caracteriza o americano comum. Bedwetter seria quem mija na cama e Needleman o homem da agulha, ou seja, um alfaiate.

AMERICANOS
Dick
Chuck
Johnny
Gina

JUDEUS
Jacó
Isaque
Raquel
Sara

PORTUGUESES
Manuel
Joaquim
Antonio
Maria

AFRICANOS
Gungala
Mitombo
M´fode
Djeba

ALEMÃES
Hans
Fritz
Gertrudes
Helga

BRASILEIROS
Juquinha
Chico
Ricardão
Raimunda

Muitos humoristas americanos adotam propositadamente nomes curtos, ou são conhecidos pelos seus apelidos: Woody, Soupy, Adam, Chris, Dave, Jay, Tim, Billy, Eddie e Sinbad. As mulheres humoristas também não ficam atrás em materia de nomes curtos: Goldie, Lily, Lucy, Whoppy, Rita e Tina.

> Donald Trump diz que deu o nome de Tiffany à sua filha por causa de sua loja preferida: Tiffany´s. Quer coisa mais ridícula? Aliás, eu estava comentando justamente isso com meus dois filhos, Wall e Mart.
>
> **– Shawn Dion**

Cidades e lugares

Não parece haver limite aos nomes de cidades, vilarejos, ruas, restaurantes, bares, hotéis, faculdades e lojas que podem ser usados como fusíveis do humor. Quanto mais localizados, melhor.

Antigamente, nomes engraçados para cidades caipiras (Oshkosh, Paducah) apareciam frequentemente nas piadas americanas. Hoje, já que grande parte da comédia americana é apresentada para plateias de Nova York, nenhum local parece ser mais alvo de piadas do que Nova Jersey. (*Não é uma pena que a luz ao fim do tunel seja Nova Jersey?*) Dentro de Nova York, nenhum bairro é mais sacaneado do que o Brooklyn. Sheboygan* é um nome engraçado e nenhuma cidade é mais motivo de piadas que Cleveland (seja ou por causa do som de *k* ou por Cleveland ser a comprovação de que Deus teve um problema de controle de qualidade).

Alimentos

Muitos produtos alimentícios e os nomes de suas marcas soam engraçados. Quantos trocadilhos foram feitos com petiscos inocentes como *biscoitos!* A própria palavra *comida* já contém um duplo sentido. Não se pode falar em *pepinos* e *abacaxis* que as pessoas logo pensam em problemas. E se os nabos já são coisas chocantes, um nabo seco então... Eis alguns outros alimentos de nomes engraçados ou sugestivos:

Salsichão
Salame
Tomate
Tutti-frutti
Coco
Bolacha
Cookie
Putanesca

Expressões étnicas

Piadas étnicas constituem uma das principais categorias do humor contemporâneo, mas o uso de expressões étnicas numa piada requer um conhecimento preciso quanto ao seu significado e à sua cadência. Por exemplo, muitos comediantes americanos usam a palavra ídiche *schmuck* para designar um perdedor, sem saber que o significado literal da palavra é "pênis".

Quando os comediantes judeus dominavam a comédia americana, expressões em ídiche adquiriram certo valor humorístico, porque as palavras em ídiche soam mais engraçadas do que seus equivalentes em inglês. Por exemplo, *bar mitzvah* soava mais engraçado do que

* N.T.: cidadezinha de 50 mil habitantes em Wisconsin, beirando os Grandes Lagos.

primeira comunhão, e *rabbi* - devido ao estereótipo - conjurava mais possibilidades humorísticas do que o título de *pastor*. As palavras ídiches a seguir são comuns na comédia americana: *putz, klutz, schlemiel, shtick, chutzpah, goyim, schlep, kvetch* e *meshuggener*.*

Um aliado humorístico das expressoes ídiches são nomes e comidas alemãs (muito do ídiche originou-se na Alemanha). Quando o monstro faz amor com Madeline Kahn no filme *Jovem Frankenstein* de Mel Brooks, ele a leva ao delírio com seu enorme *shvantzenstucker*. Os professores alemães imbecis de Sid Caesar tinham nomes como Kurt von Stuffer, Siegfried von Sedative e Rudolf von Rudder. E *Meet the Fockers* (*Entrando numa fria maior ainda*) foi um filme multimilionário.**

Animais

Os nomes de certos animais e bichinhos de estimação também conjuram imagens engraçadas. Cachorrinhos, gatinhos, ratos e coelhos todos têm associações com duplos sentidos. E mesmo insetos - como abelhas e baratas - são fontes engraçadas de humor.

> Um professor alemão estava discorrendo sobre a vida do javali para um clube de senhoras de Westchester. – E as senhoras acreditariam – ele disse, – que os javalis têm pênis que chegam a vinte e cinco centímetros?
> Ouviram-se arfejos por todo o recinto e o mediador da mesa sussurrou algo rapidamente ao ouvido do professor. – Ah, minhas queridas senhoras – o professor disse. – Cometi um terrível engano por desconhecimento de sua língua. O que eu deveria ter dito era que as presas dos javalis têm vinte e cinco centímetros. Obviamente, os pênis têm apenas três centímetros.

Números

Mesmo alguns números são mais engraçados do que outros, e não estamos falando apenas de sessenta e nove. No humor, a economia de palavras chega a ser um fanatismo. Existe uma exceção, porém, quando números entram em cena. Se são essenciais na piada, quando

* N.T.: Idiota, desastrado, tapado, rotina cômica, ter peito (no sentido de audácia), não-judeu, arrastar com dificuldade, reclamar, doidinho.

** N.T.: Os alemães tem os sobrenomes de Recheado, Sedativo e Leme. E a família dos Fockers seriam no Brasil (literalmente) Fudedores.

queremos dar-lhes poderes adicionais, devem soar ou parecerem importantes. O numeral 1.500 deve ser pronunciado (ou escrito) como um mil e quinhentos. O horário de 8h45 deve ser pronunciado (ou escrito) como oito horas e quarenta e cinco minutos. Uma altura de 1,92m deve ser pronunciada (ou escrita) como um metro e noventa e dois centímetros. Cada sílaba deve ser um átomo significativo, além de informativo.

É HORA DO ESPETÁCULO

Daqui em diante a cada vez que ouvir um nome de pessoa, lugar ou produto, ou alguma expressão étnica que lhe atice o humor, anote-os. Crie um catálogo de palavras engraçadas, que possa ser consultado quando precisar incrementar uma piada.

PALAVRÕES: O AUMENTATIVO DO HUMOR

O desfecho desta piada é uma combinação clássica entre surpresa e choque. A vulgaridade – tão inesperada – é como assistir a um amigo escorregar numa casca de banana e se esborrachar no chão. Rimos e depois olhamos em volta para ver quem mais está rindo. Se ninguém ri, percebemos que talvez não devêssemos ter rido também.

Uma pista de caminhada margeava um campo de golfe. Certa tarde uma bola de golfe passou voando rente à cabeça de uma velhinha.

Ela gritou: – Ei! Por que você não me avisou?

– Não deu tempo – disse o jogador de golfe.

– Ah é? – disse a velhinha. – Então como é que deu tempo de você gritar "Puta que pariu"?

Mas a vulgaridade às vezes funciona, Na verdade, o redator não poderia ter usado outras palavras para terminar esta historia. Não seria tão engraçado se a mulher tivesse dito: – Então como é que deu tempo de você gritar "Droga"? Haveria ainda um elemento de surpresa, mas não como a surpresa dupla detonada pelo palavrão. - O humor é como combate de guerrilha - escreveu o autor Dwight MacDonald. - O sucesso (e a sobrevivência) dependem de não carregar muito peso, atacar de forma inesperada e retirar-se rapidamente - O pecado original pode não ter sido mais do que um trocadilho ruim que Eva cometeu sobre a maçã do rosto de Adão.

Tanto Lenny Bruce quanto George Carlin usavam o linguajar mais chocante possível para enriquecer seu material... e para chamar mais atenção. (Lenny Bruce certa vez nomeou George Carlin como seu herdeiro humorístico.) A obscenidade está parcialmente nos olhos (e ouvidos) de quem a vê (e ouve), e Carlin acredita que "se uma palavra lhe é chocante, problema seu". O fato é que não restam mais palavras fortes demais. A lista de Carlin de "coisas que não se podem dizer na TV" foi reduzida para sete itens, e alguns deles são até aceitáveis, dependendo de como forem usados.

> Hoje em dia na TV, você pode dizer que vai dar uma porrada, mas não pode dizer que vai dar uma esporrada.
>
> **– George Carlin**

Tem horas também em que a obscenidade é que faz a piada. Considere a piada a seguir. Substituindo-se as palavras finais por quaisquer outras, a piada perde seu impacto.

> Meu dia começou interessante: fui me barbear com um aparelho novo. A primeira fez tchan... a segunda fez tchun... e a terceira fez "Putaquepariu, me cortei de novo!"
>
> **– George Carlin**

As funções e desfunções corporais são outra fonte preferida de humor, porque geralmente são tabus à mesa e portanto prestam-se ao apelo do chocante. Há bastante diversão em humor de mictório... mas tem hora e local para se usar um linguajar cabeludo, como discutiremos daqui a pouco.

> Se estou comendo num restaurante e alguém diz – Se importa se eu fumar?, eu digo – Se importa se eu peidar?
>
> **– Steve Martin**

Balançando o galho da roseira

De acordo com o Professor William Chisholm, da Universidade Estadual de Cleveland, o linguajar obsceno agora é lugar-comum em nossa sociedade, tão difundido que ninguém fica mais realmente chocado ou enojado pelo seu uso. Sendo o humor uma hostilidade disfarçada, o linguajar violento pode ser um meio de comunicar sentimentos verdadeiros.

As pessoas me dizem que estão enojadas com o meu tipo de linguagem. Aí então pergunto se podem ir comigo até o estacionamento para eu bater uma porta de carro nas suas mãos. Quero ver se não vão falar "caralho" e "puta que pariu"!

– Redd Foxx

Para conseguir a atenção da massa em apresentações públicas, Chris Rock usa deliberadamente material próprio para ofender a todos por desafiar a ordem estabelecida, ainda que o linguajar e a *persona* de Rock reflitam os papos que ocorrem no dia a dia das ruas dos guetos americanos.

Os negros dominam os esportes nos Estados Unidos. Somos 20 % da população mas os quatro times finalistas tem 90% de negros. Basquete, beisebol, futebol, golfe, tênis, tá tudo dominado, e assim que fizerem um rinque de hóquei aquecido, vamos tomar essa merda também.

– Chris Rock

Não há nada mais pernicioso no humor contemporâneo do que o uso crescente de um vocabulário irrestrito e a ênfase num humor de cama e bidê. Muitos podem não gostar, mas o uso indiscriminado de palavras obscenas está embutido no tecido da comédia contemporânea.

Acho que a maconha deveria ser legalizada, acho sim. Também acho que, se aquela prima for um tesão, pelo menos uma foda deveria ser permitida.

– Dave Attell

Há uma lógica direta para o uso de obscenidades apropriadas. O humor não lidera a sociedade e segue-a. O humor faz rir às custas das aprontações dos seres humanos e isso inclui o nosso linguajar. Na vida cotidiana, usamos palavras chocantes para chamarmos atenção, então, mesmo a obscenidade não sendo sinônimo de humor, é certamente um ingrediente importante no seu bolo.

Grande parte do humor funciona como uma forma de comunhão entre os membros de um grupo social, político ou étnico específico. Reforça a solidariedade do grupo. Se a plateia é preconceituosa, assim também será o humor do apresentador.

TERAPIA DE CHOQUE

A irreverência é uma mercadoria vendável. A comédia questiona tudo que foi dito e feito. Nada está além de seus limites, nada é sagrado a ponto de estar além da crítica: o papa, Deus, o presidente, a bandeira, crianças deficientes, doenças debilitantes, e não só as sogras como as próprias mães.

> Gastamos tanto dinheiro com os militares, mas estamos cortando verbas para a educação por todo o país. É por isso que temos bombas inteligentes e crianças burras.
>
> **– Jon Stewart**

Por outro lado, muitas pessoas perguntam se um linguajar chocante é humor ou apenas exibicionismo juvenil. Redatores de sucesso são mais elogiados pelo trabalho duro que resulta numa arte criativa do que por textos ultrajantes. Muitas vezes, alega-se que o humor pesado não nos faz rir, mas sentir vergonha.

> Tenho uma cantada que nunca funciona. Se estou num bar e vejo um cara de quem gosto, dou um sorriso. E, se ele sorri de volta e me sinto bem confortável, ando até ele e digo – Mete tudo!
>
> **– Margaret Cho**

E por que, perguntam os críticos, o humor deve concentrar-se nos aspectos negativos da vida: problemas ligados a drogas e alcoolismo, a inadequação sexual, a perversões e doenças transmissíveis? A resposta é simples: o humor chocante provoca gargalhadas.

O linguajar permissivo cresce rapidamente. Há mais de sessenta anos, Clark Gable chocou a nação com sua fala de despedida em *E o vento levou: - Frankly, my dear, I don´t give a damn!** Hoje, dependendo da classificação de um filme, não existe mais nada que não possa ser mencionado. Meryl Streep ganha prêmios por filmes nos quais diz palavras que levaram Lenny Bruce à prisão.

Onde os palavrões abundam

Embora haja uma diferença entre ser grosso e ser engraçado, às vezes palavras obscenas são justamente as perfeitas. E, quando são, devem ser usadas. Uma palavra não é apenas um som ou uma combinação aleatória de letras impressas. Cada palavra no humor é um míssil cuidadosamente projetado e calculado para penetrar na mente e criar um impacto bem específico. A palavra perfeita não é fácil de ser substituída, mesmo quando se tem acesso aos melhores dicionários. Considere a historia a seguir.

Logo antes do Natal um pedreiro, que fazia uma reforma numa residência elegante, foi recebido à porta pela dona da casa, linda, gostosa, num penhoar transparente. – Seu presente de Natal está lá em cima – ela disse, pegando o homem pela mão e levando-o até seu quarto. Dentro de segundos transavam intensamente.

Quando terminaram, ela desceu com ele até a cozinha para tomarem café.

– Vou te contar, Dona Martin – disse o pedreiro. – Tenho sonhado com esse momento desde que comecei esta obra há muitos meses. Que presentão, hein?

– Ah, mas não é só isso – disse a mulher. – Toma aqui cinco dólares.

– Mas pra que isso? – disse o pedreiro.

– Bem, se quiser mesmo saber – disse a esposa, – perguntei ontem à noite para meu marido o que deveríamos lhe dar no Natal e ele disse "Aquele incompetente? Vamos fuder com ele. Dá só cinco dólares".

Os exemplos a seguir são de uma mesma piada contada com e sem palavrões. Qual você considera a mais poderosa?

* Francamente, minha querida, estou pouco me lixando.

VERSÃO SEM PALAVRÃO
Duas galinhas conversavam. Uma diz: – Meu granjeiro consegue 60 centavos a dúzia pelos meus ovos. E botar ovos é um serviço fácil.

A outra galinha diz: – Pra mim não é nada fácil. Eu faço força, gemendo, babando, e meus ovos saem maiores, pro meu granjeiro conseguir 65 centavos a dúzia.

A primeira galinha respondeu: – Bem que me disseram que você baba os ovos do patrão.

VERSÃO COM PALAVRÃO
Duas galinhas conversavam. Uma diz: – Meu granjeiro consegue 60 centavos a dúzia pelos meus ovos. Por um serviço tão fácil quanto botar ovos.

A outra galinha diz: – Pra mim não é nada fácil. Eu faço força, gemendo, babando, e meus ovos saem maiores, pro meu granjeiro conseguir 65 centavos a dúzia.

A primeira galinha respondeu: – Bem que me disseram que você trabalha até o cu fazer bico.

O público aprecia jogos de palavras espertos com expressões cabeludas, mesmo que elas desconsiderem a lógica de uma situação.

Homem discursando sobre um colega: Precisamos todos ter paciência com Sam. Ele está tendo problemas com seu marca-passo. Toda vez que ele peida abre o portão da garagem.

Por que rimos? A piada não faz o mínimo sentido. E este é o ponto. Não é a piada, é o palavrão.

Escritores buscam a palavra perfeita, como os compositores buscam a nota perfeita; ambos procuram o som perfeito. E, quando o encontram não devem descartá-lo devido a temores ou pruridos moralistas. O humor deve usar a linguagem coloquial do seu objeto e do seu público... e ser apropriado à *persona* do apresentador.

Um visitante à Universidade de Harvard perguntou a um professor: – Com licença, poderia me dizer onde a biblioteca fica?
– Meu bom homem – a resposta veio com desprezo – em Harvard não terminamos uma frase com um verbo.

– Bem, neste caso, me perdoe – disse o visitante. – Permita que eu refaça a minha pergunta. Poderia me dizer onde a biblioteca fica, cuzão?

– Charles Osgood

Redatores de humor que não se esquivam de palavras e situações picantes se arriscam a sofrer críticas severas dos carolas da religião e dos puristas da língua, mesmo quando essas são cuidadosamente selecionadas. Felizmente, o humor tem as garantias das leis que endossam a liberdade de expressão – na verdade, há tribunais que consideram que a sátira é a expressão mais livre da livre expressão – e não deveria ser censurado, especialmente por seus próprios criadores.

A história a seguir é um caso exemplar do uso aceitável de palavras obscenas. Sem os palavrões não há sentido na piada.

Um rapaz entrou num banco e disse para a recepcionista: – Quero abrir a porra de uma conta.

A mocinha horrorizou-se: – O senhor me desculpe, mas não toleramos esse tipo de linguagem neste banco.

– Chame a porra do gerente – o homem disse.

Daí a pouco o gerente chegou: – Qual é o problema?

– Acabei de ganhar dez milhões na loteria e quero abrir a porra de uma conta!

O gerente disse: – Entendi. E essa piranha aqui está te enchendo o saco.

– Playboy

As pessoas que esbravejam mais alto contra a falta de gosto são geralmente as mais hipócritas. Que revista americana seria mais conservadora e voltada para a família do que *Seleções do Reader´s Digest*? Contudo, 50% do humor em *Seleções* são piadas sobre sutiãs, calcinhas, privadas, peitos, e sexo (embora não haja palavrões nessas piadas). De fato, a anedota a seguir, do colunista de fofocas Hy Gardner, foi republicada em *Seleções:*

O publicitário Mel Helitzer foi a uma reunião na casa do ator José Ferrer para discutirem um programa de TV do qual ele participaria. O ator desculpou-se pela ausência de sua esposa, Rosemary Clooney, explicando que ela estava no andar de cima cuidando das crianças. – Que idades eles têm? – perguntou Helitzer. – Cinco, quatro, três, dois e um – sorriu Ferrer. – Puxa, comentou o publicitário – espero que eu não esteja atrapalhando!

HUMOR COMO FIO DESENCAPADO

Os humoristas atuais não têm limites em suas atitudes para com os palavrões e os temas tabus.

A religião para mim é como um absorvente: se servir, use.

– Whoopi Golberg

Homem que é homem mesmo consegue chegar na loja de ferramentas de olhos vendados, e, só de por a mão numa ferramenta fica com os mamilos duros de tesão.

– Tim Allen

Com a minha idade, tenho sorte de conseguir uma ereção. Fico tão feliz que penso em amarrar uma bandeirola no pau, escrito "Obrigado por nos servir".

– Richard Lewis

A internet aproxima as pessoas porque, não importa que tipo de mutante sexual maluco você seja, há milhares de seus colegas por aí. Digite "Encontrar pessoas que têm sexo com bodes em chamas" e a tela responderá "Especifique tipo de bode".

– Richard Jeni

Passei cinco anos na Aeronáutica e, se não fosse pelo abuso sexual ninguém nem teria falado comigo. Uma oficial acusou-me de ser lésbica. Eu teria negado, não estivesse deitada nua em cima dela na ocasião.

– Lynda Montgomery

E vocês tem peninha dos bichinhos que morrem atropelados na estrada? Que nada, são todos uns suicidas. Eles é que se atiram na frente dos carros.

– Kathleen Kanz

Sei mais detalhes sobre o pau do Bill Clinton do que sobre meu próprio pau. Isso diz algo a respeito da imprensa. Ou então diz algo muito triste a meu respeito.

– Jon Stewart

Leia os invólucros das camisinhas, são engraçados. Tem um que diz "novo formato". Não sabia que isso era necessário. E todos têm escrito que são preservativos. Mas quem vai querer preservar uma camisinha? Usou, jogou fora. Ou alguém preserva aquilo como um troféu?

– Elayne Boosler

Por um tempo pensei em ser freira e acreditava mesmo que eu seria uma freira boa pra caralho. Aí tive sexo e pensei: – Fudeu.

– Diane Ford

QUANDO USAR FITA ISOLANTE

É fácil encher-se de pruridos e declarar que expressões pesadas têm apenas a intenção de chocar, mas, sendo engraçados ou não, palavrões – na verdade qualquer coisa que seja tabu – fazem os jovens rirem. É por isso que comediantes de segunda linha usam palavrões como jogadores reservas quando sua linha titular de piadas atacantes não marca gol. A decisão de recorrer a um linguajar profano ou obsceno – e em que nível – deve-se guiar pela teoria do MAP: seu material deve combinar com seu personagem como apresentador e com o personagem do público. Palavras e situações cabeludas, mesmo quando usadas em excesso por humoristas chocantes, como Andrew Dice Clay e Sam Kinison, tendem a fazer sucesso, o que dificulta menosprezá-las.

A questão então não é se palavras chocantes devem ser usadas mas quando e em que quantidade usá-las. Humoristas experientes testam os limites de seus temas mais apimentados, passando deliberadamente o material em questão para o início de sua apresentação. Se a reação for negativa, respeitam os sinais imediatamente, porque o humor nunca pode ser forçado.

Você já acordou de manhã com uma ereção, virou de bruços, e achou que tinha quebrado o seu pau?

– Dave Atttell

As opiniões sobre o que constitui bom gosto no humor são tão variadas quanto os atos sexuais consensuais entre adultos. O humor, porém, tem tantos formatos que é fácil evitar palavras que possam ofender o público. Material explícito só funciona em locais como filmes, casas noturnas e programas de TV a cabo. Existem tanto sinônimos "limpos" para palavrões pesados quanto existem para o órgão sexual masculino. O linguajar de um humorista deve-se adequar a cada plateia específica. Existe um axioma na comédia: Insulte só os feios e os ignorantes. Quem vai se levantar para reclamar: "Peraí, cara, eu sou um ignorante"?

Há três instâncias em que os redatores profissionais devem trabalhar redobrado a fim de evitar palavras indecentes.

1. Quando o humor é propiciado pela definição da palavra e não pelo choque que ela causa, uma palavra mais leve pode ter a mesma graça.

Quando o gerente da farmácia informou ao novo vendedor que ali eles trabalhavam com camisinha, o rapaz ficou animadaço: – Por quê? Rola alguma coisa na hora do cafezinho?

2. A palavra mais leve é aceita por uma gama maior de público, sendo, portanto, mais comercial, caso o retorno financeiro seja uma consideração importante.

Meu marido acha que sexo oral é ficar falando dele mesmo.

3. A sugestão do ato pode incentivar o público a complementar com sua imaginação o que se esteja dizendo. E aí, quem poderá reclamar do vocabulário?

Quando os médicos nos dizem que a adolescência é o ápice do nosso período sexual, ficamos tristes por termos deixado tanta coisa passar por entre os dedos... quando deveria ter passado por entre as pernas.

Outra coisa a considerar é o politicamente correto, particularmente quando numa transmissão pública. Os órgãos reguladores dos veículos de comunicação patrulham constantemente o mercado do humor, e, infelizmente, muitos humoristas têm sido multados ou despedidos por falas politicamente incorretas.

O humor chocante tem o seu lugar mas geralmente é uma saída fácil ou simplesmente desnecessária. Mais importante: o humor chocante tem uma comercialização limitada. Se a intenção é vender o seu material, é preciso reconhecer que a maioria das ofertas não se restringirão a um público maior de 18 anos. Você pode ter o dom de usar bem obscenidades, mas essa habilidade não será facilmente traduzível em rentabilidade. Se não acredita em mim, então foda-se.

PEGANDO LEVE

A atenuação é uma alternativa admirável à linguagem obscena e uma das técnicas mais elevadas de redação de humor, por ser tão difícil de executar com eficácia. Tanto o realismo atenuado quanto o material chocante sublimado atendem à imaginação e à inteligência do público, incentivando-os a completarem o roteiro usando suas próprias palavras. E, se as palavras são deles, não poderão reclamar das suas.

Vi esse anúncio de laxante na TV. Dizia assim: "Age enquanto você dorme". Fiquei apavorado.

– Steve Mendoza

– Doutor, minha namorada tem um problema. Ela pensa que é uma coelhinha.

– Está bem, traga ela aqui. Vou examiná-la.

– Obrigado, doutor. Mas não importa o que você faça: não cure ela!

A atenuação é um sinal de confiança, além de maturidade. Assim como na vida real, os muito ricos e bem sucedidos são contidos. Os inseguros ou novos-ricos exageram.

Logo depois que cheguei em Athens, o jardineiro me convidou para uma pescaria. Ao fim do dia eu disse: – Não estou entendendo. Meu equipamento de pesca é melhor do que o seu. Minhas iscas são melhores que as suas. O barco é o mesmo. Mas eu não peguei nada e você já pescou tudo no lago.

O homem disse: – É que eu pesco por palpite. Quando acordo de manhã para ir pescar, se minha mulher está deitada de lado, virada para a direita, eu pesco do lado direito do barco. Se ela está deitada de lado, virada para a esquerda, aí eu pesco do lado esquerdo do barco.

– E se ela estiver de costas? – perguntei.

– Bem, aí eu não vou pescar.

O mais famoso cartum de James Thurber mostra dois homens duelando. Um deles passa a espada pelo pescoço do adversário, decapitando-o, e grita: "*Touché*"! Isso é chocante, mas sobreviveu por 60 anos como um exemplo clássico de atenuação.

Criancinha, eu já entendia de psicologia. Tinha uma barraquinha de limonada e dava o primeiro copo de graça. Pelo segundo copo eu cobrava cinco dólares... ele tinha o antídoto.

– Emo Philips

Uma das citações mais famosas de George S. Kaufman vem de uma carta para sua filha.

Experimente de tudo na vida menos incesto e danças típicas.

Isto já é chocante, mas um biógrafo acrescentou uma reversão que realmente acelera a sua imaginação.

... pode-se ver então que o humor de Kaufman vem do fato de estar ridicularizando algo divertido, extremamente popular, e tão americano quanto tortas de maçã. Agora, quanto às danças típicas...

Ultraje a rigor

A reformulação de palavras é uma maneira fácil de chocar e de ser ultrajante. Nem exige muito talento. O talento entra em cena quando se sugere um humor explícito sem realmente explicitá-lo.

Uma mulher sexualmente frustrada sentou-se sobre o nariz de Pinóquio e disse: – Agora conta uma mentira. Agora diz a verdade. Agora conta uma mentira. Agora diz a verdade.

Quando Ron Nessen, então assistente direto do presidente americano, foi convidado para participar do programa *Saturday Night Live*, o redator Alan Zeibel criou um esquete que reformulava *eleições presidenciais* para *ereções presidenciais.* Isto poderia soar como humor barato - e provavelmente não seria aceito pelos censores da rede NBC - mas Zeibel, com sua *finesse*, aproveitou que em inglês *erection* pode ser também uma denominação para *edificação* e *edifício* para referir-se às grandes obras que o presidente *erigiu,* ou melhor, botou de pé. A plateia percebeu imediatamente o jogo de palavras, e as gargalhadas aumentaram na medida em que a implicitude da piada deixava o público mais à vontade.

APÊNDICE

APÊNDICE
Glossário

AFORISMOS: Expressões concisas que contêm uma verdade ou sabedoria popular.

ARREMATE: Técnica que começa com a interpretação comum de um chavão que, em seguida, é arrematada por uma referência bizarra. O arremate implica algo que não é colocado explicitamente, fazendo com que o seu sentido seja o oposto do que seria literalmente.

ASSOCIAÇÕES: Técnica de redação criativa usada para descobrir o humor em relações inesperadas e que resultem em piadas com jogos de palavras.

ATENUAÇÃO: Recurso cômico no qual o humorista faz uso de sutilezas ou demonstra falta de ênfase nas expressões.

***BRAINSTORMING*:** Estratégia na redação de humor que envolve considerar todas as ideias que surgem numa conversa.

BURRADA: Tática que os humoristas usam, de propósito ou acidentalmente, e que envolve cometer erros ortográficos e gramaticais.

DISPARATE: Algo dito de forma inocente ou com as melhores das intenções por uma pessoa ignorante e que acaba soando como um absurdo.

DUPLO SENTIDO: Palavra ou frase ambígua, que pode ter mais de um significado ou ser interpretada de duas ou mais maneiras.

EMENDADA: Tática humorística que envolve uma série de *punchlines*, cada uma emendando na anterior, usada especialmente quando a plateia está embalada.

EMPARELHAMENTO: No formato de frases, sentenças, palavras ou estatísticas agrupadas duas a duas, este recurso humorístico tem uma estrutura simples, acasalada, que é repetida astutamente revertendo a sua ordem ao final.

ENTREGAR A PIADA: Isto ocorre quando um iniciante faz uma introdução detalhada demais para uma história, fazendo com que essa preparação seja tão óbvia que a plateia pode antecipar o final da piada.

EXAGERO: Recurso humorístico, utilizado em conjunção com o realismo, para distorcer as coisas a um ponto em que se tornam absurdas.

FÓRMULA DA PAPINHA: Jogo de palavras com a sigla que denota as três partes da maioria das apresentações humorísticas: preparação, antecipação e o *punchline.*

FÓRMULA DO TRÊS: Composta dos seis ingredientes essenciais para o humor: o alvo, a hostilidade, o realismo, o exagerado, a emoção e a surpresa. (*)

(N. do T.: No original, *target, hostility, realism, exaggeration, emotion* e *surprise*, formando assim, em inglês, a sigla THREES, ou seja, TRÊS... embora sejam seis)

HIPÉRBOLE: Recurso humorístico que aumenta os fatos e ações ou carrega nas cores para produzir um humor exagerado.

HUMOR OBSERVACIONAL: Tipo de humor no qual o humorista foca sobre um pensamento lógico ou uma ação realista com o intuito de destruí-lo.

IRONIA: O uso de afirmações sarcásticas que geralmente querem dizer o oposto do que está sendo dito.

JOGO DE PALAVRAS: Variações sobre expressões comuns, como chavões, metáforas e frases feitas, ou modificações na ordem comum de se pronunciarem ou escreverem palavras de modo a produzir resultados humorísticos.

MAP: Sigla – que forma a palavra "mapa" em inglês – representando o material, o apresentador e o público. Esta teoria postula que o material deve adequar-se à *persona* do redator ou do apresentador e aos interesses do público.

MÁSCARAS DO HUMOR: Caracterizações humorísticas que podem ser utilizadas para incrementar a comédia.

***NON SEQUITUR*:** Declaração ilógica que se torna engraçada ao justapor dois elementos.

OXÍMORO: Forma de duplo sentido incongruente que junta de maneira engraçada dois termos que se contradizem.

PÉ DA LETRA: Tática humorística que pega o sentido explícito de uma palavra chave e o interpreta de forma literal.

PIADA RECORRENTE: Frase ou expressão que aparece no início de um monólogo ou programa e depois é repetida em forma de piadas espalhadas por todo o restante do texto ou roteiro.

***PUNCHLINE*:** A frase que é o desfecho da piada e, quando a piada funciona, aquela que provoca os risos.

REALISMO: Recurso da comédia, utilizado em conjunção com o exagero, cuja intenção é a de declarar algo verdadeiro ou aceitável.

REC: Sigla representando os três critérios que determinam se uma premissa prepara adequadamente o terreno para o desfecho da piada: realidade, emoção e clareza.

REFORMULAÇÃO: Tática humorística que altera ou a ordem das palavras de um chavão ou a grafia de palavras substituindo-as por homônimos ou variações cuja pronúncia seja semelhante.

REVERSÃO: Recurso humorístico que acrescenta uma frase final contraditória à frase de abertura de um chavão, alterando assim o seu ponto de vista.

SALVA-VIDAS: Frase a que o humorista recorre para dar a volta por cima quando uma piada naufraga.

SÁTIRA: Forma de humor na qual o comediante ridiculariza os hábitos de outra pessoa, principalmente aquela em posição de destaque político ou na sociedade.

***STAND-UP*:** Estilo de comédia onde o humorista se apresenta em pé, geralmente num palco ou diante de um microfone, fazendo uso de monólogos ou conversando com a plateia.

SURPRESA: Teoria da comédia sugerindo que nós rimos do inesperado para ocultar o nosso próprio embaraço.

TEORIA DA AMBIVALÊNCIA: Teoria da comédia que enfatiza emoções conflitantes, tais como amor e ódio, em relação a uma pessoa, objeto ou ideia.

TEORIA DA CATARSE: Teoria da comédia que enfatiza ser o riso um evento planejado, uma redução voluntária do estresse, ativado por um esforço consciente que busca dissipar as tensões e as inibições da vida.

TEORIA DA CONFIGURAÇÃO: Teoria da comédia que estipula que nós rimos quando elementos desconjuntados se encaixam, como quando, por exemplo, solucionamos um mistério ou entendemos uma charada.

TEORIA DA INCONGRUÊNCIA: Teoria da comédia que enfatiza o emparelhamento de ações ou pensamentos de maneira lógica porém fora do comum.

TEORIA DA SUPERIORIDADE: Teoria da comedia que envolve nos compararmos aos que consideramos inferiores, ridicularizando sua inteligência, sua posição social e suas deficiências físicas.

TEORIA DO ELÁSTICO: Teoria que compara o humor a um elástico: quanto mais puder ser esticado, mais útil se torna.

TEORIA EVOLUCIONÁRIA: Teoria da comédia enfatizando que o riso é um instinto.

TEORIA PSICANALÍTICA: Teoria da comédia apresentada por Freud, que estipula que o humor é terapêutico e permite que as pessoas expressem tendências inibidas, talvez infantis, de uma maneira aceitável socialmente.

TRIPLOS: Recurso cômico usado para construir uma tensão pelo uso de um agrupamento de três exemplos ou uma sequência de três ações, comentários ou categorizações.

Este livro foi composto nas tipologias Minion Pro,
SF Slapstick Comic Shaded, Bookman Old Style, Calibri e Frutiger
em corpo 11/13,2, e impresso pela Gráfica Edelbra,
em papel offset $90g/m^2$ e a capa em papel cartão supremo $250g/m^2$.